幼なじみ萌え

ラブコメ恋愛文化史

玉井建也

カバーイラスト　眉月じゅん
デザイン　芥陽子
ＤＴＰ　カレイシュ

もくじ

幼なじみのことなんかぜんぜん好きじゃないんだからねっ!!

――または言ってみりゃ「単なる序章」――

まずは次のシーンを見ていただこう。これは芦奈野《あしなの》ひとしの名作『ヨコハマ買い出し紀行』の「第七二話ササゲ」の一シーンである。作品自体は人類の文明が衰退した地球を舞台とし、主人公であるロボットの初瀬野《はつせの》アルファの日常生活を描いた内容である。そのなかでこの幼い男女タカヒロとマッキはアルファの近所に住む幼なじみ同士として登場する。アルファが勤務兼生活するカフェ・アルファのある地域社会にはほとんど人が住んでいないため、必然的に二人もアルファと深く関係を結び、作品内に多く登場することになる。そして成長する自分たちと成長しないアルファとのギャップを感じ大きくなっていく。その過程で行動範囲が広くなっていくにつれて、彼らは二人きりで出かけることも多くなっていく。行動範囲内であった地域社会から外に出ていくなかで、このシーンでは「すなはま」を見る(要は海を見に行く)ために寄り道をしている。

ここで彼らは互いに並んで座りながら、「ん?」「んーん」と、「ん」だけで会話しているのである。言葉にすればわかること、特に読者に対して今、タカヒロが何を思ってマッキを見ているのかという心の機微を説明調のセリフでつぶしていくような野暮を作者はしない。たった一つの仮名だけで言葉と視線を交わさせることで、彼らの関係性そして成長、気持ちをすべてあらわしているのである。極めて秀逸である。彼らのその後に関しては、まさしく野暮なので割愛しよう。

『ヨコハマ買い出し紀行』 芦奈野ひとし 講談社 2001年
8巻 101・102頁

さて次に紹介するのはテレビアニメ『ハルチカ〜ハルタとチカは青春する〜』(P.A.WORKS制作、二〇一六年）の第一話「メロディアスな暗号」の冒頭のシーンである。中学校ではバレーボールに明け暮れていた主人公穂村千夏は高校入学を機に、部活動を体育会系から文化系の吹奏楽部にかえ「清楚で乙女なキュートガール」を目指していた。以下は小学校以来会っていなかった幼なじみである上条春太と吹奏楽部で再会した際に交わされた会話である。


「チカちゃんどうしたの？　元気だけが取り柄だったのに？」

「だけ？　じゃないでしょ」

「僕しょっちゅうチカちゃんに泣かされてたよね」

「そんなこと」

「そうだよ。プロレスの技かけたり、僕のお菓子全部食べたり、背中にトノサマガエル入れたり」

「上条くん、誰かと勘違いしてない？」

「してないよ。無理やり木に登らせたり、水たまりで泳いだり、土手すべりのときはホントに死ぬかとおも」

「もう黙れ」

「やっぱりチカちゃん、全然変わってないね」

ちなみに「もう黙れ」のところは手を振り上げ、ハルタに攻撃を加えようとしている。高校入学の際には「清楚で乙女なキュートガール」を目指し、そのためにあこがれの吹奏楽部に入部しようとし、ばったり会った顧問の先生に対して「キュートガール」であろうと背伸びしていた結果、その猫かぶりの様子をハルタにすべてばらされてしまったのである。つまり、先ほどの『ヨコハマ買い出し紀行』では幼いころから一緒に共同体で生活してきた存在同士が、その行動範囲を広げていく過程で関係性も維持しながら変化していったのに対し、この『ハルチカ』では幼いころにともに過ごしたことが変化を希求するにおいて大きな足かせになってしまっているのである。

このように幼なじみという設定だけで切り取ったところで、まったく正反対の描かれ方をする場合がある。そもそも幼なじみとはどのような意義を持っているのか。例えば『大辞林　第三版』では「幼いときに親しくしていたこと。また、その人」と書かれ、『大辞泉　第二版』では「子供のころに親しくしていたこと。また、その人」とされている。つまりは必要な情報としては「幼いころ」、「親しい」という二点だけである。それ以外は幼なじみであることの概念に内包されないのが辞書的な定義ということになる。しかし、多くの人は（少なくとも本書を手に取ったオタクは）こう思うであろう。自分が思う、想像する、妄想する幼なじみとは違う、と。そんな単純なものではないはずだ、と。

つまりはこう言いたいのであろう。朝、目覚ましが鳴るのと同時に近所に住む幼なじみが主人公を起こしに来るシチュエーションだと。もちろん目覚まし時計が鳴る前でもよいし、止めてしまった目覚まし時計の横で二度寝している主人公を起こしに来るのでもよい。なぜか向かい合った家同士で窓から屋根伝いに互いの部屋に出入りできることを利用して起こしに来るのでもよい。そのまま幼なじみにより準備された朝食をともに取り、一緒に学校へ向かう……なぜか主人公の両親は長期の不在で幼なじみは朝ごはんを用意していたりするし、その逆バージョンもある。ちなみにこの文章における主人公は高校生の男性であり、幼なじみは同級生の女性であることが多い。

このような近代以降の核家族的価値観を破壊し、親密圏を思いっきり拡大しているような人間関係は果たして理想なのであろうか。家族でなければ（場合によっては家族ですら）入ることのないプライベートスペースに躊躇なく干渉してくる存在がよいのであろうか。空間だけではなく時間をもコントロールしようとするのがよいのであろうか。根本的に目覚まし時計で起きられない人間に何を求めているのか。さらには行動規範にまで関与されるのである。一体全体何がよいのか。しかし感情に起因する議論は置いておいても、このようなテンプレは歴史的にみて連続性があるものなのであろうか。先述したように幼なじみの語義的には、このような細部は定義されていない。そして最初に紹介した『ヨコハマ買い出し紀行』と『ハルチカ』で描かれている幼なじみに見られるように多面性が存在し、時に主人公にとって不利であったり、心の平穏であったりする。要は多様な側面を見せている幼なじみは何がよいのかわからないし、多面的であるがゆえに歴史的経緯が見え隠れしている。わからないから考えてみよう、というのが本書のスタートである。

第一章

起源論オーバーラン！

――またはこれは言ってみりゃ「前近代から近代までの幼なじみの話」――

起源論や定義論というのは様々な分野で誰もが取りつかれたように語り出すので閉口している。その行為自体に意義があるかないか、と問われたら研究としては意義があるという回答を私はするであろう。しかしながら、その労力と得られる成果を考慮するとそこに固執していく必要性がほとんど感じられない。三十代以下の若い研究者の成果主義的な発想ですね、と言われれば、その通りだが、例えばライトノベルという言葉を挙げると様々な研究者が様々な定義を行い、そのうえで研究を重ねている。研究としては定義を最初に行うこと自体は自明のことであり、そのこと自体に異を唱えることはない。しかしながら初発の段階で使われた意図と周辺に波及していった状況、そして出版界が使用していく過程、人口に膾炙《かいしゃ》していく過程、普遍化していく過程とすべての段階において語句的な意味では差異が確実に存在するが、文言として存在するのは同じ「ライトノベル」であるから性質《たち》が悪い。そして誰もが語ることができるようなポジションにあるから、様々な人が考え、言及していく。私も何度聞かれたことか。

幼なじみも同様である。幼なじみという事象自体はそれこそ古代から存在し、複数の人間が社会的な生活を送っている以上は必ず浮き上がってくる。今現在、本書を読んでいるあなたにも幼なじみはいるかもしれないし、いないかもしれない。少なくとも幼なじみとは何ですかと問われて何も話すことができない人はいないであろう。そのぐらい普遍化されている概念であり、社会的状況が変化しても今と同じように概念化され続けると思わせてしまうぐらいにはありふれている。その幼なじみに関する作品で古典的とされているのは、『伊勢物語』や『大和物語』に収録されている「筒井筒《つついづつ》」である。大ざっぱなあらすじを書くと、幼いころに井戸で遊んでいた男女が成長するにつれて恥ずかしくなり疎遠になるも、お互いを忘れられず成長したあとに結婚することになる。しかし妻の家庭状況が変わり、男はほかの女のところに通うようになるが妻は嫉妬することもなく男を送り出している。もしかして妻も浮気をしているのではないかと思い、出かけたふりをして見ていると化粧をした妻が夫を案ずる歌を詠んでいる。それに対して浮気相手の女は当初は奥ゆかしかったのだが、次第に化けの皮がはがれてしまい、男は通うことをやめてしまった、という話である。高校の古典の授業で習った記憶がある。今の学校教育でもよく取り上げられているのかは把握していないが、成長を表現するために歌のなかの比喩として髪の毛を使っているところは吉田拓郎の元ネタです、という若者には通じない雑学を披露していなければいいが。

さておき、ここに込められた幼なじみにはいくつかのポイントがある。一つには序章で述べた辞書的な意味においての幼なじみ（「幼いころ」「親しい」）をクリアしていることである。明言されてはいないが、この「筒井筒」は幼なじみを取り扱っているのである。それに対し、男が女から心が離れていった理由として女の親が亡くなったこと、そして浮気相手への思いが失せてしまったのは彼女が自分の手でしゃもじを使い配膳していたことが挙げられる。つまりは辞書的な意義というものは社会的・時代的な変遷があったとしても変化していかない必要最小限な普遍性を抽出しているのである。しかし、物語として幼なじみを取り上げていくことは普遍性に固執する必要性はどこにもない。その普遍性へ向けられている視線や社会的・歴史的な状況というものは大きく変化していくのである。「筒井筒」においても当時の婚姻は男性が相手の家に行き、その親に養ってもらうことであり、作品内では親が亡くなったことで家庭自体が崩壊していくと男が考えたことは妥当かもしれない。それに対し、浮気相手が本来下女が行うべきことを自ら行っていることは当時としては不作法なこととしてとらえられてしまうことも同様に妥当といえるかもしれない。この作品において話の根幹をなすのは幼なじみ的関係にある男女ではなく、男の心変わりの様相であることは明らかである。そのことを理解するためには同時代の社会的背景を理解しておく必要がある。

さて、そのことを踏まえながら、近代化の過程のなかで幼なじみを考えていこう。近代以降としたのは一つには社会的移動が大きくなっていく時代だからであり、もう一つの理由としては現代との連続性をより強く見出すことが可能だからである。前近代においては幼なじみというより は乳母子《めのとご》のように、ある程度裕福な身分の場合は血のつながりだけではなく、同じ乳母により育てられることが多くみられた。皇族や貴族だけでなく、多くの武士たちも乳母子・乳兄弟として育てられ、特にフィクションでは軍記物語として描かれていくことになる（田端泰子『乳母の力―歴史を支えた女たち』吉川弘文館、二〇〇五年）。つまり幼なじみとしてとらえるときに先述の歴史的・社会的背景の差異により大きなブレが生じる可能性があるのである。

近代において先駆的に『幼なじみ』というタイトルで作品を書き上げていったのは欠伸居士《あくびこじ》である。欠伸居士はジャーナリストであり思想家である堺利彦の実兄であり、本吉乙槌《おとづち》や本吉欠伸《けっしん》という名で作家として活動していた（堀部功夫「欠伸居士の生涯と作品―基礎的調査―」『池坊短期大学紀要』一一号、一九八一年）。その別号が欠伸居士であり、彼が一八八九（明治二十二）年に『小説無尽蔵』第三号（駸々堂分店発行）に掲載した作品が『幼なじみ』である。

この作品の主人公は忠雄という少年であり、物語は彼が故郷を離れ遊学のために上京しようとし、一家総出で見送っているシーンから始まる。そのシーンでは「云い分の無いかほかたち、強て批難すれば、男としては色が白過ぎ、其上、余りやさし過ぎるとでも云はんか、其他に欠点は微塵もなし」と描写されているように要は色白のイケメンである。ウエンツ瑛士《えいじ》を思い浮かべておこう。異論は認める。その彼に惚れている幼なじみは花子というこの見送っている園田家の一人娘である。「あたりに比類なき名花。一たび垣間見し少年は、何れも花盗人の未遂犯」とされるように美人さんである。描写が少なすぎて今の価値観では誰だかが想定しにくい。森博嗣《ひろし》が「美人と書いておけば読者が自身に合った美人像を勝手に想定してくれる」ようなことを書いていたが（森博嗣『一〇〇人の森博嗣』講談社文庫、二〇一一年）、まさしくそれである。つまりは幼なじみ同士で美男美女である。百年以上前であっても美男美女は有力なコンテンツであったのだ。さて一家総出で主人公を見送っているわけだが、ここで説明が必要なのは主人公を見送っている一家を父母祖母そして花子を妹として描いているのである。しかし対して花子は一人娘とも書いている。となると忠雄はどのような存在なのか。これに関しては「此花には禁物の虫のつかぬ中にとて、十二三の蕾の頃から養子の詮索。撰り抜いた候補者の中から、又撰り出されて花の梢は御身が随意と許されたる果報ものは、先きに旅立せし美少年ぞ是れ」とあるように一人娘の婿候補として主人公が選ばれ、養子になり、今回、東京へと旅立とうとしているわけである。

この二人の幼なじみ要素はどこにあるのかという点であるが、確かに養子に入ったということであれば、ほんの数年の話ではないかと解釈しそうになる。そこはきちんと作者が否定している。「二人が恋の歴史は、啻《ただ》に三四年このかたのことにあらず、同じ小学校にアイウエオを学んだ頃から仕た事云ふた言、一々数へ立てたらば、二人は今にも顔を赤うすべし」とあるように小学校からの知り合いであり、やってきたこと、言ってきたことを挙げたら赤面してしまうほどなのである。しかし、これではビタミンやシュークリーム分と同じように幼なじみ分が不足しているという人には次の描写を引用しよう。「年をとる程濃《こま》やかになる愛情、何《いず》れにても一人が他出すれば、一人は怏々《おうおう》してし楽まず、帰て来て互に顔を合はせ、始めて安堵した面持にて、止め度の無い笑顔、あアも中がよかツたものかと、よろこぶ家内の蔭言」とあるように蜜月の日々を過ごしていたのである。下女からも早く結婚する姿が見たいなどとからかわれているのだが、残念ながらここで幼なじみ分の終了のお知らせである。心のなかでは五年も離れ離れになるのは嫌だと思いながらも、彼の向学心のためには将来の旦那を見送らなければならないという彼女が涙を流し、放心状態という描かれ方をして、この作品の第一章は終了してしまう。つまり以降は幼なじみ分がほとんど検出されない。何せ主人公は遊学のために上京してしまったのである。

以降の物語は基本的に忠雄中心で進んでいく。東京において彼が財布をなくしてしまうという事件が起きる。全財産が入っていたために紛失により困窮し、家賃すら払えなくなってしまう。挙句の果てに服や家財道具のほとんどを質に入れてしまい、まさしく着の身着のままで生きていたのである。これに対して実家にせびればよいではないかという意見は正解である。もちろん彼は恥を忍んで実家に何度も手紙を送り、金の無心をしたのである。養子であり、将来の婿候補である以上、このような事態は彼のポイントを大きく下げるであろう。一瞬にして持ち点がゼロどころか、マイナスになってしまってもおかしくはない。しかし、背に腹はかえられず、食べ物を買う金がないという状況は如何ともしがたくポイント制よりも自分の命であったのだ。そして家賃の催促をされながらも、彼は返事が来るのを今か今かと待っているのである。そこに花子から、なぜ連絡を寄越さないのですか？　という手紙を受け取ったことで、彼は自分の苦境が実家に把握されていないどころか、手紙すら届いていないことに気づき愕然とする。

　さて主人公のいない間の実家はどうであったのか、というと知らない間に正太郎と正三郎という二名の男子が家に上がりこみ、花子に会いに来ていたのである。彼らは誰かというと婿候補者として主人公に敗

美女の花子と正太郎。
『幼なじみ』欠伸居士　駸々堂分店　1889 年
早稲田大学図書館蔵

れ去った者たちであった。特に正太郎は母親のお気に入りの様子で、彼が来ると自然と家を空け、花子と二人っきりにするように仕向けていたのである。そこに忠雄から「何度も連絡をしたのだが、花子から来ていないという手紙が届いた。なぜだ」という内容の手紙が書留で届いたのである。そしてそこには財布をなくし苦しんでいる忠雄の様子が書かれている。もちろん、これは物語である。フィクションである。すぐに父親が金を送るわけがない。それでは話が終わってしまうではないか。母親は「実は忠雄が悪い女にはまっており、何度も金を無心するのでいくらかやったのだが、まだ金が足りないようだ」と言い出した。それを受けた父親は「証拠はないので少しだけ金を送り、知人に様子を見に行ってもらおう」と落着させるのである。冷静な父親である。本当に放蕩息子に成り果てていた場合は大金をどぶに捨てることになる。

何度も書くが、これはフィクションである。その知人が見に行ったら、手紙の内容通り困窮する忠雄がいた、などということは起きるわけがない。先述のように忠雄はイケメンである。そのイケメンが登校のために女学校の横を毎日歩くとどうなるか、おわかりであろう。女学校ではイケメンというだけで噂になり、「八重垣姫に扮した團十郎《だんじゅうろう》を、楽屋で見る心地」として新駒というあだ名までついてしまったのである。そしてそのようなイケメンをある日突然、登校時に見かけなくなってしまったら、どうなるか。心配をするのである。そして百人心配すれば一人ぐらいは暴走してしまう人がいるのである。その女性が花野高という人で、心配のあまり、事情を探り、どうやら金欠で登校できない様子まで探り出し、下宿に押しかけ、毎日のように金やその他必要なものを持ってきては通うようになったのである。お気づきであろう。ちょうど、その花野さんが忠雄の部屋にいるときに父親の知人が訪れたのである。

当の忠雄はこの世には親切な人がいるものだ程度の考えであったようだから、さすが小説というところであるが、もちろん様子を見に来た知人はそうは受け取らない。これは今すぐ園田家は忠雄と離縁すべきであるとの考えを持ち帰ることになる。さてその情報に接した花子は離縁に苦悩し、食事がのどを通らなくなってしまう。ここから花子と正太郎、忠雄と花野、それぞれが入り乱れるラブコメへと発展するかと思い

イケメンの忠雄とキセルを吸う知人、そして花野さん
『幼なじみ』欠伸居士　駸々堂分店　1889 年
早稲田大学図書館蔵

きや、そうならないのが、この小説の残念なところである。以下はネタバレであるが、思い悩む花子を見かね、心配していた祖母が母親が隠していた忠雄からの手紙を発見してしまったのである。財布をなくし困窮していたことを訴えたあの手紙である。届かないのは郵便事故ではなく、母親が意図的に隠していたのである。その事実に激怒した父は母と離縁し、忠雄は無事に許されることになり二人は結婚する。花野とは本当に何もなかったし、エンディングでは言及すらされない正太郎である。かませ犬レベルですらない正太郎であった。ネタバレ終了。

長々と紹介してきたが、この『幼なじみ』はいくつかの点で示唆的な作品だといえる。物語論が普及していない明治期において、無意識にか意識的にかわからないが物語を考えて作成しようとしている作品である。物語論の初発と言われているウラジーミル・プロップの『昔話の形態学』が発表されたのは一九二八年であり、そこから物語論が発展し、ジョーゼフ・キャンベルの『千の顔を持つ英雄』が発表されるのが一九四九年である。そこで重要視されていることの一つに物語序盤における欠如から非日常への旅立ちを挙げることができる。この『幼なじみ』においても主人公の旅立ちにより、相思相愛のものが互いに欠如状態に陥り、通過儀礼《イニシエーション》のように財布をなくし苦境からの脱出を図っているのである。とはいえ、素晴らしい作品というには今一歩なのは既述の通り、様々な伏線を張ったはいいが、まったくもって回収できていない点である。かませ犬にすらなれていない存在に対しては読んでいて悲しくなってしまう。

もう一つ考えるべき点としては作品の社会的背景である。主人公は遊学のために東京に行くわけであるが、何を勉強しているのか、そして何のために遊学するのかという目標は描かれていない。そのため彼自身のキャラクター像もぼやけているわけだが、それでも園田家は旧武士の家系という文章があるので、立身出世という点において何かしらの伝統ある流れのなかで今回の遊学が認められていったのであろうと推察される。明治期において上京し、学校に通うということが可能なのは、かなりのエリートであろう。つまりは上京して東京帝国大学などに進学し、エリートコースを歩んでいくのかもしれない。明治から大正期にかけて高等教育が発展することにより旧制高校から大学へと続く教養主義を増長させる流れが、エリートたちをエリートたらしめんとすることにつながっていくわけであり、農村や地方との学問的風潮の差異が大きくみられるようになる（竹内洋『学歴貴族の栄光と挫折』講談社学術文庫、二〇一一年）。しかし、これにより忠雄と花子の地理的空間と心理的空間は前近代のそれとは違ったのであろうか。

近世期において武士や知識人が学問を学ぶ場合、高等教育機関のように全国的に規律立った組織に集約されていたわけではない。彼らが学ぶ相手は人であり、多くの書籍であり、情報であった。つまり「知」が成熟していく過程のなかで人々は多くの書籍や人を媒介としながら情報を求めていったのである（横田冬彦編『読書と読者』平凡社、二〇一五年）。したがって集まる場所は規定の組織ではなく情報の集積するところであった。時に村社会においては名主であり、寺社であり、都市においては木村兼葭堂《けんかどう》のような商人であり収集家でもありサロンをも形成している人に対して知を求める人々は集まったのである。これに対して忠雄はどうであろうか。近世に比べれば、国元と都市との間の時間的距離は縮まっている。それは作品内では描写されていないが鉄道が敷設され、作中でも問題になっている郵便制度が確立されたことが大きい。江戸時代と違い一定の値段により手紙のやり取りが可能になったことは非常に画期的なことであり、そのことが二人の間の心理的な距離を縮めたと考えることはできる。しかし、この作品はそれを逆手に取り、届かないことで生まれる距離感を見出そうとしたのである。つまり今の我々が感じている以上に手紙が届く・届かないことで生まれる懊悩《おうのう》の時間が主人公らを苦しめるのである。

江戸という都市はもちろん近世期から発展し、多くの人口を抱える巨大都市であった。しかしながら今でも議論されている「都市蟻地獄説」というものがある（速水融『歴史人口学研究―新しい近世日本像』藤原書店、二〇〇九年）。江戸などの大都市には多くの人が出稼ぎなどで流入してくるが、それにより衛生問題が発生し、流行病《はやりやまい》や飢饉、火災などにより人口を大きく減らしていくことになる。しかし、仕事があり、情報もある都市には人が次々と流入していくのである程度の人口は保たれるという考えである。もちろん単純に江戸時代の農村と都市との出生率や死亡率を並べることの難しさは存在し、地域性にも左右される問題だといえる。しかしながら、それだけ多くの人が流入したこと自体は確かである。大正期にはスペイン風邪が大流行しているように近代以降においても必ずしも都市衛生が劇的に変化したわけではない（内務省衛生局『流行性感冒―「スペイン風邪」大流行の記録』東洋文庫、二〇〇八年）。それでも人は何かを求めて上京していく。その傾向は近代に入っても続き、都市下層民から忠雄のようなエリートコースまっしぐらな男まで多くの人がそれぞれの目的をもって上京したわけである（難波功士『人はなぜ〈上京〉するのか』日本経済新聞出版社、二〇一二年）。

つまりこの作品はまったくもって幼なじみに焦点を当てた作品ではないのである。先ほど忠雄と花子との間において時間的・空間的距離感が存在し、それが彼らを苦しめると書いたが、実は作中で悩んでいるのは花子だけである。忠雄も悩んでいるのだが、彼の悩みは金欠の悩みである。それだけであって花子のことを思いやる描写はまったくない。幼なじみと銘打っておきながらも、その離れ離れになった幼なじみ同士が互いを思いやり、しかし、互いに自分自身に対して恋心を抱いてくれる人が登場するも、そこからさらに悩み抜く状況にまでは陥っていないのである。そのようなラブストーリーではない。エリートコースを歩むであろう若者がだまされ、つかの間の苦慮を背負っていく。そのことに対する視線を終始、作者は送っているのである。そのことにより近代化を突き進む東京という都市に身を預けた主人公の苦悩（慣れない都市生活や苦学生としての在り方）だけではなく、楽しみ（派手な女学生と遊ぶ）をも描き出し、読者への共感を誘発していく。そして最終的には国元にいる幼なじみおよび許嫁《いいなずけ》である花子と結婚するという、家業や学んだ学問分野などの具体性を排除した曖昧なエリート像を照らし出している。

第二章

ラブコメの弾丸は撃ちぬけない

――またはこれは言ってみりゃ「近代以降に描かれた幼なじみの話」――

幼なじみには必要な要素がいくつか存在する。そのうち一番大きいのはラブコメではないかという意見はあるであろう。そのような人は特に欠伸居士の『幼なじみ』の話を目にしたあとでは、こぶしを振り上げて「諸君、私はラブコメが好きだ」と例の長々とした演説を始めるに違いない。サブカル女子が自分で自分の足元を撮影した写真をＳＮＳにアップするぐらいの確率で言い出すに違いない。私は特段ラブコメが好きではない。何せ、古味直志《こみなおし》の『ダブルアーツ』に一目ぼれをし、「ｉｓｌａｎｄ」（赤丸ジャンプ、二〇〇七年）も「ペルソナント」（ジャンプＳＱ、二〇〇八年）も「ＡＰＰＬＥ」（週刊少年ジャンプ、二〇〇九年）も読み切りを読むために雑誌を買い、なんてすばらしいファンタジーなんだ、すばらしいＳＦなんだと一人で大騒ぎしていた。そして、その積み重なっていく期待をファンタジーでもＳＦでもないラブコメ作品である同氏の「ニセコイ」（読み切り版）（少

『ダブルアーツ』 全３巻 古味直志
集英社 2008年
©古味直志／集英社

年ジャンプNEXT、二〇一一年）が見事に打ち砕いてくれたわけである。その後の『ニセコイ』の大ヒットに関して私はすべて口をつぐんでいる。そのうち心が落ち着いたら一気に読むつもりだ。ちなみに千棘《ちとげ》派である（といいつつ書いているうちに連載が終わってしまったので少しずつ読んでいる千棘派である）。

そう、ラブコメに罪はない。古味も悪くない。作家としての幅の広さを見せてくれたのである。悪いのは私である。そのラブコメ要素であるが、幼なじみを描いた小説に取り入れられてくるのは、まだ先の話である。その話をするためには少し別の話をしなければならない。

近代社会になり多くの物事や価値観が変容していく。前章のように多くの人が都市に行くことができるだけの交通路や交通網の整備というのも、その一つとして挙げられるであろう。それらのハード的な側面だけではなく、社会を構成する人々の意識の変化も大きい。特に前章でみた欠伸居士の『幼なじみ』は近代的な家族制度の成立という点においては極めてオーソドックスな作品である。

近代的な家族制度を考えるにおいては、江戸時代から振り返らなければならない。江戸時代は家意識が非常に強い社会であり、先祖代々続く家系を絶やさないようにしなければならない、まさしく父―息子―孫と子々孫々と呼ばれるような状況を続けるのだ、とだけ書くとまったくもって正しいことのように思えるであろう。しかし、このような意識が成立していたのは武家社会などの一部だけであり、多くの人々において家意識は重要なものではなく、いわゆる核家族で生活をしていくことが基本であった。都市であろうと農村であろうと、その共同体内では核家族が多くを占めており、複数の夫婦が同居する拡大家族は主流ではない。では、なぜこのような認識が確立されてしまったのかというと、近代国家により都合のいいように生み出されてしまったからである。江戸時代以前に存在した武家社会における家意識を、そのまま近代社会を構成する多くの家族に転用し、家族制度として運用した。これにより家父長制度が浸透し、国家的にもコントロールしやすい社会へと変換されていったのである（上野千鶴子『近代家族の成立と終焉』岩波書店一九九四年、山田昌弘『近代家族のゆくえ―家族と愛情のパラドックス』新曜社、一九九四年）。

では欠伸居士の『幼なじみ』はどうであろうか。立身出世を求め上京する主人公とそれを信じながら生まれ故郷で待つ幼なじみの女性という対比は、旧武家であるという家柄を除外したところで近代国家が求め、社会的に普遍化しようとしていた家意識に立脚していることは間違いない。さらには女性を家族制度のなかに閉じ込め、公共的な空間から排除していく姿勢もまた近代の家族制度に重なっていく。つまり、欠伸居士が提示した幼なじみ像は近代社会のある一時期にのみ成立するイメージ像なのである。そのために今現在という立脚点からみると、幼なじみ分が足りない、ラブコメ分が足りないという結果になってしまう。近世的な家意識と近代的な家族制度の影響下のなかで成立しているこの幼なじみは、まず大前提として家が、そして家族がある。

そのうえで物語が進んでいく以上は、彼と彼女と何かがどうなってああなってキャッキャしていく個々人レベルでのラブコメ的な要素は必要ない。必要ないというよりも、そのようなものを書いている物語的な余力はないのである。そのため最後には二人は夫婦となり、それ以外の当て馬的な人々は存在自体が希薄化してしまう。

もちろん、このような家族制度がいつまでも続いていくわけではない。核家族化への変化というよりは国家により操作され出来上がった拡大家族から核家族に戻るにつれて、幼なじみの描き方にも変化が出てくる。作家である和田芳恵が書いた「幼なじみ」（『群像』一九七五年四月号）では、大きな背景として存在するのは家族でも家でもない。主人公を中心に出てくる登場人物は全員六十歳を越えており、湯治のために故郷の北海道を訪れていた主人公に小学校時代の同級生により同窓会が企画されることになる。和田特有の現在の状況と過去の情景が交差しながら物語が進んでいくわけだが、前章の欠伸居士とは違い上京をしたあとの出来事に焦点を当てているわけではない。ここで徹底して描かれているのは、彼ら幼なじみ同士の故郷である北海道ではなく、幼いころに彼らが過ごした小学校であり、具体的には彼らがそのころ、固執していた遊びになる。特に幻燈と呼ばれる遊びを彼らは好んでいた。もちろんフィルムなどに対して光を当てて幕などに映し出すという本物の幻燈ではない。土のなかに花などを入れ、その上にガラスを置き、その上に土をかぶせ、穴をあけて花を覗き込むという遊びであった。そのことを小学生のころ実際に行った描写とともに現在進行形で昔を思い出しながら行っている様子が描かれている。還暦を過ぎた年寄りが小学生のころの遊びをするのである。

そしてその小学生と還暦を越えた老人が交差していくのが、この作品のもう一つのポイントである。つまり時間の問題である。言葉の端々に今は年を取ったということが繰り返されていく。彼らはそれぞれに小学生以降の時間的経過が存在し、確実に背負っていることが描写の端々から垣間見られる。もちろん主人公に関しても、上京後、そして結婚後の様子が僅かながら描かれている。しかし、そのすべてをすっ飛ばして、小学生と現在の自分たちが同位体として存在し、結合しているのである。つまり同じ遊びをし、あのころは誰が好きだったのかということが、目の前に存在する皺くちゃの年寄りと小学生としての情景が容赦なく合わさり、時としてグロテスクともいうべき状況になる。

このように時間的経過を飛ばすというのは、この作品だけではない。遠藤周作の「私の幼なじみたち」(『野生時代』一九七七年五月号)でも同様に描かれている。この作品は遠藤周作自身をモチーフとした主人公が設定されている。主人公である「周ちゃん」の幼なじみである神父が、神父になってから二十五年経過した記念の会を開催するというので、その昔、一緒に遊んだ者たちが四十年ぶりに集まることになる。幼なじみたちが遊んだ場所こそが教会である。ここで幼いころと今現在を交差させていった和田作品と違い、この作品では時間経過の残酷さが描かれていく。「あの頃、不器用でボールを受けるのが下手だった彼の少年時代を、人生は、すっかり消していた」や「私たちの車が走っている国道には昔の面影はない」というように少年時代の面影をすべて現実が消し去っていく。しかし、これらに対比するように描かれるのは少年時代に彼らが教会にてお世話になったボッシュ神父である。彼の戦前、そして戦中のエピソードが随所に盛り込まれていく。そして主人公にも「私の記憶から、日曜日や復活祭、クリスマスの時にあの教会に来ていた信者の顔がひとつ、ひとつ、ひとつ思い浮かんできた。長い間、忘れていた顔だった」とされるように記憶が蘇っていく。もちろん、遠藤独自のキリスト教への信仰の問題が根底にあり、そのため戦時中に拷問を受けたボッシュ神父の心の問題と時間的経過が、そしてそれをどのようにとらえるのかが主軸となっている物語である。

ここで描かれているように幼少期の生活に密接に関わっている特定の場所やそのころの時間を共有した幼なじみとの再会が、主人公を中心とした人々の心を揺り動かしているのである。男女が惚れた腫れたで物語が進むラブコメを描くには、思春期や青年期という恋愛が比較的重視され、物語要素として最重要であってもおかしくはない年代を主人公として取り上げないといけない。しかしながら、この和田作品や遠藤作品で取り上げられている幼なじみは、すでにそのような年齢は遠くに追いやることができるだけの時間的経過が確実に存在している。そして幼なじみという要素はラブコメなどの恋愛的な物語展開をみせるために投入されているのではなく、思い出補正や過去との接点として登場しているのである。両作品に共通するのは、その時間的経過のなかに確実にアジア太平洋戦争、そしてそこからの日本の復興という社会的な時間経過が存在している。登場している幼なじみやその周辺の人物たちは彼らなりの激動の人生を歩みながらも、それでも穏やかな表情を浮かべながら幼少期を振り返っている。そのこと自体が数十年という長い年月を一気に圧縮することの凄味と残酷さを読者に突きつけていくのである。このことを同時代的に大河小説として描いていったのが五木寛之の『青春の門』である。

『青春の門』に関しては多くの言説が存在するので、あまり紙幅を割かないようにしたいが、大まかに紹介すると、五木寛之が一九六九年から連載をし続けている大河小説である。第一部の筑豊編から、自立篇、放浪篇、堕落篇、望郷篇、再起篇、挑戦篇、風雲篇と今現在も断続的に続いており、四回の映画化、三回のテレビドラマ化、そのほかにも漫画化や舞台化が行われた大ベストセラー作品である。この作品には主人公の伊吹信介とともに幼なじみの牧織江が登場してくる。筑豊編というタイトルからもわかるように、北九州を舞台とし、主人公の幼少期から物語はスタートするが、民族問題や社会問題から父親の死や性の目覚めなどパーソナルなレベルまで戦時中から戦後という時代的な背景を大きく打ち出しながら描かれていく。

『青春の門』　五木寛之　講談社文庫
1970 年～

この作品は大ベストセラーになったにもかかわらず、ついて回るのが、「いつ読むとよいのか」問題であろう。思春期まっただ中に読むべきなのか、それとも大学生になった時点で読むべきなのか、それとも分別のついたころに読むべきなのか、という読書年齢と精神年齢と肉体年齢の相関関係を見極めるのが非常に難しい作品である。私個人の体験としてはどこの古本屋に行っても売られているし、どこの図書館に行っても配架している作品というのが中学生のときの印象であった。そのときは改訂版が出されていたあと、そしてちょうど『生きるヒント』(全五巻、五木寛之、文化出版局、一九九三〜九七年)がベストセラーになったときで、さすがに中学生の視界にも入ってきたのである。しかし、長い。当時は図書館にある本はすべて読もうと考えていた人間であったが、とにかく長くて手を出しにくい。何よりこれに手を出すとアガサ・クリスティ全作品を読むという野望が阻まれそうだったので後回しにしたのは覚えている。実際に読み始めたのは思春期まっただ中の高校生になってからだったと記憶している。そして男子校に所属していた自分にとっては、幼なじみがおり何だかいい感じで女性経験をし、若さを武器に突き進んでいく主人公がうらやましくもあり、そして完全な別世界の人間という印象をもったわけである。「うらやましくもあり」という点が思春期特有のポイントであるので注意されたい。

要は誰もがくぐる人生における「青春の門」を読書というフィルターを通して、いつ体験すべきかということである。いつでもいいじゃないか、という意見はあるであろうが、これがなかなか難しい。さらりとした綺麗事ばかりが描かれているわけではない。民族問題と書いたように、主人公の周辺社会はいわゆる日本人と呼ばれる人たちだけで構成されていない。そして社会的にはアウトローとされるヤクザなども描かれていくのである。つまり幼年期から思春期にかけて、主人公は何不自由なくあたたかい環境に存在し続けていたわけではない。早稲田大学進学後も主人公は左翼的な活動と思想に大きく影響されていく。バブル崩壊後の人間からするとすべてがファンタジーに読めるぐらいの作品である。もちろん青春という普遍化されたポイントは共有できるであろう。特に性の問題などは、その最たるものである。思春期の男子高校生が喜んで読書に励む小説特集というのはどこかの雑誌でやってくれないだろうか。太宰治の「女生徒」（一九三九年）もおすすめであり、田山花袋《かたい》の「少女病」（一九〇七年）も別の意味でおすすめである。大丈夫だ。昔からキモオタはいるのだ。

「いわゆる一つの萌え要素」ということであるが、本論に戻ろう。ファンタジーとして読めると書いたが、これは作者自身が体験してきたであろう同時代的な社会背景が色濃く出ているがゆえの距離感である。つまり同時代的空気感と同期することができない場合は、ある意味で歴史小説を読んでいる気分になるのである。そこに幼なじみ要素が入り込んでいるのだが、実はこの作品もラブコメにはつながらない。主人公の信介と織江は幼なじみ同士であるが、もはや腐れ縁的な状況になる。堕落編から再起編に至る織江の存在は幼なじみであるがゆえの共依存から、芸能界における関係性の復帰という流れになる。彼らは故郷を背負いながら、幼なじみ特有の「お互いにわかり合えているが、わかりすぎている関係性」に陥っているわけである。そこにおいて相互にライバルが現れたり、恋のさや当てが行われたりするわけではない。学生運動から演劇世界への没入というこの時代の学生特有の活動をたどっていくなかで二人の相互依存的関係性が確認されていく。

私はこの信介と同じように地方から早稲田大学に進学するというところまでは同じルートをたどった。つまりある程度は追体験できるはずなのだが、まったくできなかった。もちろん幼少期から思春期の体験が主人公とはあまりに相違がありすぎるということも大きいだろう。あのような幼なじみは存在しない男子校生活であった。ここは笑うところである。今、母校は共学になったのでこのような感慨も出てこない卒業生がいるのであろう。想像もつかない。それとは別に大学生活という点においても『青春の門』で描かれる無頼な学生生活とはかけ離れていた。そしてそのような学生も周囲にはまったく存在していなかったわけである。私個人として非常に同時代的に感銘を受けた作品は北村薫の「円紫《えんし》さんと私」シリーズ（東京創元社、一九八九〜九八年、新潮社、二〇一五年）である。この主人公の女子大生が通う大学は早稲田大学をモチーフとしており、主人公と同じ行動を私は取っていたのである。大学に到着すると文キャン（文学部キャンパス）のスロープを上がり、そのまま中庭を突き抜けて掲示板にて休講情報をチェックする、という細かい所作に至るまで私はまったく同じことをしており、在学中だけでなく、卒業後も何度も読み返し、さらには教員になったあとは授業で使用している。国連ビルという呼称（三三号館のことである。久しぶりに行ったら、すっかり変わっていた！　一階がガラス張り！）すら改装工事と新しい建物が乱立した早稲田大学には通用しないであろう。今の在学生には今の小説が存在してくれることを祈っている。なお「円紫さんと私」シリーズ四作目である『六の宮の姫君』（一九九二年）は主人公が卒論執筆中に芥川龍之介の短編「六の宮の姫君」をめぐる謎に出会い、解き明かしていく作品である。卒論のために調査をし、書き進めるということはこういうことだと小説で示した作品であり、「いわゆる一つの萌え要素」とは別の意味でおすすめである。

和田や遠藤の描いた幼なじみは思い出補正装置として機能していたわけだが、それはある意味で五木の描いた幼なじみにも通じている。つまり歴史的背景を描くことで思い出として振り返るのか、もしくは同時代的追体験として共有するのかの違いであり、根底には幼なじみを通じて故郷という地域性や出来事や社会構成による時代性を描き出していくことになる。つまり恋愛自体を物語の根幹としていくことは想定されていない。恋愛自体が中心的に取り上げられ、さらにはそこを彩っていくキャラクターたちの心の機微が物語を大きく動かしていくわけではない。もちろん恋愛を

『空飛ぶ馬』　北村薫　創元推理文庫
1994年
装画：高野文子
装幀：小倉敏夫

テーマにした作品がなかったわけではない。江戸時代の人情本から近代の『野菊の墓』（伊藤佐千夫、一九〇六年）や『風立ちぬ』（堀辰雄、一九三八年）などに至るまで恋愛をテーマにしたものはたくさんあるではないか。菊池寛が戦後すぐに「小説に於ける恋愛の位置は随分大きなものだらう。心理小説であれ、個人小説であれ、冒険小説であれ、恋愛を取扱はぬものは極く稀である。然し恋愛小説と言はれるものは近代になればなるほど少なくなつて行く。恋愛に対する情熱だけで、読者を終りまで引っ張つて行くことが出来なくなつたのだ」（菊池寛『文壇入門世界文学案内』高須書房、一九四七年）と述べているように恋愛というテーマは普遍性が非常に高いだけに、マンネリ化も避けられない。しかし「社会が目まぐるしく苛立たしく変転して、確かにロマネスクな情調は失はれたが、それでも人々はそれぞれ夢を要求してゐる。恋愛の情熱を真に軽蔑も出来ないし、清純なものに対する憧憬も失つてゐない」と菊池が強く主張していくように恋愛の普遍性は存在していたが、逆にいえば菊池がそれだけ主張しなければならないほどに恋愛小説に対する価値は低下していたのである。「恋愛小説に対する現代的考察が今は等閑視されてゐるやうに思ふが、猫の眼のやうに移り変る外界の現象にばかり捕はれないで、人間性の真実をもつと落ち着いて眺める必要がある」と菊池が語るように作品だけではなく批評が衰退していっている（と菊池が感じていた）のが近代以降の日本の小説世界であったのだ。このように恋愛自体が描かれる対象として、物語の主眼として取り上げられるのではなく、背景化されていくのが近代という時間的経過なのである。一度背景化した恋愛という要素が、再び大きく取り上げられるようになり、そしてラブコメが登場し、幼なじみと結合していくのは小説という媒体ではなく別の文脈になる。

第三章

物語にラブコメを求めるのは間違っているだろうか

――またはこれは言ってみりゃ「漫画に描かれる幼なじみの話」――

ラブコメとはどういう意味であろうか。というのも、とある研究論文を読んでいたところ、ラブコメはロマンティック・コメディの略であると書かれていて、ひとしきり考え込んでしまったのである。確かに映画作品を表現する際にロマンティック・コメディと呼ばれているのは目にしたことはある。しかし、あのスペルをどうピックアップしても、並べ替えてもラブコメにはならない。と悩んだところで『大辞泉　第二版』をひくと「《〈和〉love＋comedy》コメディー風の青春恋愛ものの少年少女漫画やテレビドラマなど。ラブコメ」と書かれている。和製英語であったのだ。何か重大なアナグラムを見落としているのかと頭を抱えてしまったではないか（とここで言及した論文名を出すべきだが、遠慮しておこう）。ラブコメの意義に関して、恋愛ものであることとコメディであることが大きな要素であろう。そしてもう一つの要素として青春ものであり、漫画やドラマという媒体での表現方法であることが挙げられる。つまり辞書的な意味ではラブコメの定義を考えるうえで小説は重要視されていないのである。

ロマンティック・コメディとは「人間と人間の関係を破壊する力に対して人間が他者と和解する能力が、婚姻（現代では恋愛）において勝利する物語」であるとされている（田崎英明「『ユー・ガット・メール』、あるいはロマンティック・コメディの臨界」『現代思想』三一巻八号、二〇〇三年）。そして引用した論考ではシェークスピアからハリウッド映画へと至る系譜のなかで描かれてきた「破壊する力」が考察されているのだが、ここでは日本の事例を考えてみよう。前章で菊池が指摘していたように、戦前から続く日本の近代小説には恋愛という要素が背景化されている傾向がみられた。もちろん、これは一説に過ぎない。実際問題、アジア太平洋戦争後の日本において恋愛は小説という媒体のなかで様々な取り上げられ方をしてきたのである。亀井秀雄が指摘するように、戦後になり谷崎潤一郎や伊藤整が老年の恋を描くことは青春期の代償であり、恋愛自体が青春期のものであるという認識のあらわれとしている（亀井秀雄「制度のなかの恋愛」『国文学　解釈と教材の研究』三六巻一号、一九九一年）。アジア太平洋戦争後という時間的経過と戦争と復興という歴史的事象の経験値を得たあとに老年期の恋愛を描く作品が登場してくるというのは、前章で取り上げたように遠藤や和田が幼なじみを通じて幼年期から少年期への回顧を提示しているのと根底に流れる情動は同じといえるかもしれない。つまり恋愛が青春期の特権的なものであるという固定観念を打破することが谷崎や伊藤の作品にあらわれているのであれば、同様に幼なじみを通じて幼年期から思春期へと回帰していくこと自体もまた同時代的な時間軸でのみ描かれるのではなく、老年期からのノスタルジーとして消費されていくことも若さへの大きな提言といえる。もちろんこのように自由恋愛が指標された戦後民主主義のなかでは老年期の恋のみが着目されたわけではない。『青い山脈』（石坂洋次郎、一九四七年朝日新聞連載）に代表とされるような健全とされる若者の男女交際を描く作品も登場してくる（小谷野敦『日本恋愛思想史―記紀万葉から現代まで』中公新書、二〇一二年）。そのようななかでいち早く、ラブコメ要素を物語に取り込んでいったのは少女漫画であった。

今でこそ少女漫画を男性が読むことに対する違和感は払拭されたといえるが、数十年前までは少なくとも編集者による想定読者と描かれている性別・ジェンダー、実際の読者が抱く読者の性別・ジェンダーがある程度、幻想的に規定されている状況であった。そこから少女漫画・少年漫画の明確な分化が融解していくのが一九七〇年代であり、読者にとっても新しい物語を生物学的・社会的性差を超えて受容できるようになったわけである（大月隆寛「思いっきりおおざっぱな「ラブコメ」・試論―あるいは、「豊かさ」の申し子の少年たちは、なぜ、少女マンガに向かったのか、についての覚書」斎藤美奈子編『脱文学と超文学』岩波書店、二〇〇二年）。私自身も子供のころ、わかつきめぐみの『So What?』（全六巻、白泉社、一九八七〜八九年）を病院の待合室かどこかで読み、「あれ？　これはSFではないか！」と一気にテンションが上がっていったことを覚えている。しかし、これは裏返せば、SFというジャンルが少女漫画と相容れないという理由のない刷り込みが私自身には存在したわけで、周囲の友人たちとは『ドラゴンボール』（全四十二巻、集英社、一九八五〜九五年）の話で盛り上がり、わかつきめぐみの話は誰ともしたことはなかった。ついでに書くと、小学生のときに好きであった中津賢《けん》也《じ》の『ふぁいてぃんぐスイーパー』(全三巻、小学館、一九八六～八八年)の話や、地元が描かれているからという理由で読みだして止まらなくなった司馬遼太郎の『坂の上の雲』(一九六八～七二年産経新聞連載)の話も誰ともしたことがなかったので、私自身の問題か、教室内という狭い社会における流行と興味関心が私自身と合致していなかっただけかもしれない。当時は小学校の校歌をどれだけ阿呆な感じで歌えるかという取り組みが一週間ばかり大ヒットしていたことを覚えているので、男子小学生はそのようなものかもしれない。

少女漫画の前には少女小説の隆盛が存在する。一九二〇年代から活躍した吉屋信子などの名を挙げるまでもなく、今現在に至るまで戦前における少女小説の盛り上がりの影響は非常に大きい。もちろん戦時下において少女および女性を規定する媒体として少女向け雑誌が活用されていったことは認識しておく必要があるであろう。そして戦後に入ると特に「花の二四年組」と呼ばれる萩尾望都、大島弓子、山岸涼子らが登場し、少女漫画に文学性を取り入れ、高い評価を得ていくことになる(久米依子「少女小説から少女マンガへ―ジャンルを超える表現」『「少女小説」の生成』青弓社、二〇一三年)。そのなかで学園生活を取り上げ、等身大の女子学生を取り上げた漫画家として西谷祥子《よしこ》を挙げることができる。西谷もそうだが、当時の漫画家の多くは海外の小説の影響が色濃く出ており(前掲久米二〇一三)、特に西谷の初期作品である『マリイ・ルウ』は外国を舞台とし金髪の少女が主人公である。学校に通い、綺麗な姉がおり、ダンスパーティがあり、ドレスを作り、デートをし、恋をする。当時の少女たちのあこがれがすべて詰まった作品といえるであろう。これが一九六五年から一九六六年にかけて『週刊マーガレット』に連載されていたのである。この作品が学園ラブコメの元祖的な作品と呼ばれているが、その大きな要素としては、「主人公より姉のほうがモテる」、「主人公は成績が悪く、ドジっ子」、「主人公が惚れてしまう男性は、実は姉の元彼」、「そして姉とよりを戻す」、「主人公に近づいてくる男性がいるが、最初の出会いが最悪」、「無事に結ばれるかと思いきや、彼の妹をほかの女性と勘違いし、浮気を疑う」などと今の漫画にも通じる点が多数あるわけである。主人公は絶世の美女ではないし、多くの男性からの愛の告白がなされるわけではない。それにもかかわらず金髪で、目がキラキラしており、小太りの友人と並べると主人公然とした雰囲気がにじみ出ているという物語上の設定と読者が求める主人公像とが乖離《かいり》することなく、同居しているという不思議な現象が起こっている。もちろんわかっている。私もオタクの端くれである。妄想の力のすさまじさを見よ、と言いたいのであろう。二〇〇〇年代にテレビドラマの『ＴＲＩＣＫ』（テレビ朝日）を見ていたときに、仲間由紀恵が演じる山田奈緒子がなぜ不当な扱いを男性陣から受けるのだろうかと思いながら（特に小説版！）、脳内会議が何度も開かれたうえでようやく整合性が取れるようになった。逆に、その後は何を見ても仲間が山田にしか思えずに苦労したことは覚えている。このようなことを書かなくても、毎年夏と冬のコミックマーケットに参加している身である。妄想力の偉大さを毎回、目にしている。

物語的にも主人公と男性が直線的に結ばれるのではなく、姉というライバルが存在し、そこを乗り越えたあとも男性とは最悪の出会いをし、結ばれたあとも浮気と勘違いし、すれ違うという今となっては典型的な物語の進め方をしている。典型的と書いたが、実はこの典型が非常に難しい。何に対しての難しさかというと、文芸学科という場所で教えていると当然のように学生の書いた小説原稿に目を通す機会が非常に多いわけである。初心者（比較的一年生に多い）が必ず陥るのが、主人公を危険な目に合わさない、主人公が嫌われるような側面は描かない、でもカッコつけすぎるのもダメ、というような描き方をしてしまう点である。現実的には主人公は危険かどうかは別として何かの困難に陥らないと物語は進まないし、よい面だけを描いていくとそれは単なる人形でしかなく、カッコつけない主人公はすでに人間としての魅力も失っていることにつながる。要は先ほど書いた妄想力が行きすぎると主人公＝作者自身になってしまっており、自分は痛い目に会いたくないし、自分の嫌な面は出さないし、カッコつけているように思われたくない（カッコつけないのがカッコいいと思っている）ということである。これが非常に多い。恋愛漫画の読者であり続けるのであれば、もちろん、このような読みは必要であろう。自らを登場人物に重ね合わせ、のめり込んでいく。その没入度合により、主人公の嫌な面も魅力として清濁併せて飲み込んでいけるのである。しかし、一たび物語の送り手側に移行する場合には、主人公はどれだけ自分自身を反映させており、私小説的であろうとも、そこに描かれている人物は読者にとっては作者と違う絶対的な他者である。

もう一つのラブコメの典型的なフォーマットを生み出した作品が一九六九年から一九七〇年にかけて『週刊マーガレット』に連載された本村三四子の『おくさまは18歳』である。岡崎友紀と石立鉄男の主演で一九七〇年から七一年にかけてテレビドラマが放送され、七一年には映画化もされたが、私自身は二〇一一年に放送された夏菜と西川貴教《たかのり》が主役を演じたドラマ版で知った次第である。舞台はアメリカのカレッジ（ドラマ版はすべて高校）を舞台とし、主人公たちが原作だとすべてアメリカ人であることは欧米に対するあこがれが透けてみえる。主人公のリンダは心理学の教員であるネルソンと結婚していることを隠して、学生として通うところから物語は始まる。そして二人が結婚していることはすべて隠したうえで日常生活を送る必要があるわけだ。現在に至るまで多くの作品に同系統の設定がみられるように多大な影響を与えたシチュエーション・コメディの典型といえる。もちろん前提として一九六六年に日本においても放送されたアメリカのテレビドラマ『奥さまは魔女』の影響があることは指摘できるであろう。「魔法を使わない」という禁止事項が絶対的に存在し、それが足かせとなり物語が加速していく。『おくさまは18歳』では、旦那である教師の行動に注視すると主人公が気に病むような女性が登場し、それに対して旦那からするとクラスメイトが明らかに主人公に惚れている状況を過剰に気にしてしまうなど、

「結婚」というキーワードを前面に押し出せない状況がすれ違いと勘違いを引き起こし、連鎖反応的に物語が転がっていく。これは二〇〇二年に放送されたテレビアニメ『おねがい☆ティーチャー』（童夢制作）や、二〇〇五年に放送されたテレビアニメ『奥さまは魔法少女』（J.C.STAFF制作）（これはどちらかというと『奥さまは魔女』からの系統）、こばやしひよこの漫画作品『おくさまは女子高生』（全十三巻、集英社、二〇〇一～〇七年）、村山由佳の小説『おいしいコーヒーのいれ方』シリーズ（ジャンプジェイブックス・集英社文庫、一九九四年～）など作品名を挙げだすときりがないほど、多くの作品に受け継がれていることがわかる。

このように一九六〇年代には今のラブコメの典型とすることができるような代表的な作品群が少女漫画により生み出されていき、七〇年代に入ると多くの漫画家により文学性の高い作品群が発表されていくことになる。これらの少女漫画自体の隆盛とともにラブコメ作品のヒットを受けて、八〇年代に入ると少年漫画においてもラブコメがヒットしていくようになる。代表的な作品として一九七八年から『週刊少年サンデー』で連載が開始された高橋留美子の『うる星やつら』（全三十四巻、小学館、一九七八～八七年）であり、同誌で一九八一年から連載がスタートしたあだち充の『タッチ』（全二十六巻、小学館、一九八一～八六年）を挙げることができる。特にあだち充に関しては少女漫画の手法、テイストを少年漫画に持ち込んだという点においても評価されている（前掲大月二〇〇二、樋口ヒロユキ「七〇年代の『少年サンデー』―終末論的ＳＦから恋愛の時代へ―」『ユリイカ』四七巻三号、二〇一四年)。

しかし、あだち充だとていきなり『タッチ』にたどり着けたわけではない。『COM』での活躍を経て、一九七〇年に『デラックス少年サンデー』に掲載された「消えた爆音」で本格的にデビューした。その後は少年誌に劇画調の作品を掲載していたが、ヒットには恵まれず、『週刊少女コミック』や『中一コース』など少女漫画雑誌や学習雑誌へと作品発表の場を移していくことになる。すると少年誌での劇画調の濃い作風から一転し、やわらかい線でキャラクターたちをわかりやすい関係性で描いていくなど新たな作風を身に着けていくことになる。そして一九七八年から『週刊少年サンデー増刊号』で連載が始まった『ナイン』(全五巻、小学館、一九七八~八〇年)では、少女漫画で得た作風を少年漫画に持ち込み、それまでの少年誌に存在しなかった野球漫画でありかつ青春を描いたラブコメ作品を描いていく。そして『うる星やつら』でラブコメの面白さと豊かさを知ってしまった少年たちは、あだち作品を抵抗なく受け入れていき、一九八〇年から始まった『みゆき』では妹萌えを、一九八一年から連載開始の『タッチ』(全二十六巻、小学館、一九八一~八六年)では、のちに王道となる青春ラブコメを体験していくことになる。

『タッチ』に関して説明する必要はもうないかもしれない。私自身はあだち充の影響を受けた世代より少し下の世代になる。思春期のころにサンデーで読んでいたのは、ゆうきまさみの『機動警察パトレイバー』(全三巻、小学館、一九八八~九四年)であり、サンデーのラブコメと言えば同氏の

『じゃじゃ馬グルーミンUP!』(全二十六巻、小学館、一九九四〜二〇〇〇年)であった。あだち充は年上の人がなぜか熱狂的に読んでいるイメージがあり、同世代との会話のなかで出てくることはまったくなかった。せいぜい甲子園を見ていると応援のブラスバンドが岩崎良美の「タッチ」(アニメ主題歌)を演奏しているのを聞くぐらいである。しかし、熱狂的な人が存在するということは、読んでもいないのに内容が伝わってくるものである。和也と達也と南との三角関係が、和也の死とともに呪縛のように達也と南との間にからみつき、達也は和也の夢を背負って野球をし、その過程のなかで双子の弟のしがらみを自ら乗り越えていく物語である。そのようなことが、「上杉達也は浅倉南を愛しています」、「そうだな、こんなとき、やさしい女の子なら、だまって、やさしくキスするんじゃないか」というセリフとともに耳に入ってくるのである。後年、実際に作品を読んだ際には、脳内で断片化されていたシーンやセリフがパズルのように合わさっていき、デフラグでもしている気分になったことを覚えている。

さてお気づきであろう。恋愛とともに幼なじみという存在がクローズアップされていくのが『タッチ』という作品である。主人公の上杉達也と双子の弟・和也、そして麻倉南とは幼なじみなのである。既述のように高橋留美子の『うる星やつら』、そしてあだち充の『タッチ』がなければ、その後、

『タッチ』 あだち充 小学館 1981年

少年漫画誌においてラブコメがここまで普及していくことはなかったであろう。私が大好きな、そして何度も読み返すにもかかわらず競馬に関する知識は一向に増えることなく、ラブコメだけをただ淡々と楽しむ『じゃじゃ馬グルーミンUP！』も連載されることはなかったのである。少女漫画で描かれていたラブコメがシチュエーションを軸に（時に禁止事項として）物語を加速させたと述べたが、『タッチ』も同様である。和也の死が、二人の個々の心象に影響を与え、関係性を硬直させていく。野球と新体操というそれぞれのスポーツにおける環境もまた、和也の死により劇的に変化していく。そのなかで二人の間の恋愛模様が描かれていくのである。和也の死が軸となり、関係性を変化させ、物語を動かしていく。死という概念を直接的に描いていくと非常に重い物語になるが、コメディと成長物語に落とし込んでいった作者の力量には感心するしかない。

国民的ともいうべき大ヒット漫画で幼なじみは取り上げられ、恋愛の大きな要素の一つとして考えることができるようになった。『タッチ』はある意味で少年漫画の転換点の一つであったということができる。しかし、それに対してフィクションで描かれる幼なじみは決して順風満帆ではなかった。幼なじみはとことん不遇の扱いを受けていくのである。

第四章

ククク、私の幼なじみを見抜くとは、アナタも「瞳」の持ち主のようね（訳：この章では幼なじみがゲームにおいて選択肢化されていく過程を考えます）。

美少女ゲームやギャルゲー、エロゲー、恋愛ゲームと呼称は様々であり、意味するところの範囲も重なっている部分と重なってはいない部分が存在するが、大まかには主人公ことプレイヤーが思いを寄せる女性との恋愛を成就させていくゲームが存在する。その過程のなかで性的描写が存在し、時にはそれ自体が目的化しているのがエロゲーである。もちろん、逆に女性が主人公であり、男性をターゲット化していくゲームも存在するが、ここでは男性視点で考えることにする。このギャルゲーというものは非常に難しい媒体で、オタクと呼ばれる人に全員プレイ経験があるかというと決してそういうわけではなく、温度差が非常に激しいものである。そもそもオタクという概念自体が鉄道オタクからアイドルオタク、漫画オタク、ゲームオタク、アニメオタク……と隣接する媒体を相互に補完しながら存在しているため、漫画とアニメは見るがゲームはそれほどやらない、ゲームはやるが鉄道には興味ない、そもそもアイドル以外には興味がないというオタクたちによる守備範囲の違いが明確に出てしまうものである。そしてこのなかでギャルゲーというものは、特に18禁のエロゲーというものは特異なジャンルであると言わざるを得ない。

　思春期を通過していく男子は当然ながら性への目覚めを経験し、あの手この手でエロいものへの接触を図っていくことになる。今でこそ、スマホやネットでその手の画像が二次元から三次元に至るまでディメンションを超えて、静止画から動画に至るまで手に入れることができ、それこそ週刊漫画雑誌のグラビアを筆頭として思春期の学生たちは時代を問わず、ある程度はエロを認識することができた。もちろんそのような環境自体に異議があるのは把握しているが、ほとばしるリビドーを止められなかった人も多いかもしれない。ここでその通過点に確実に存在していると言いがたいのがギャルゲーやエロゲーといえる。エロゲー自体は一九七〇年代後半にはドイツにてストリップ・ポーカーのゲームが制作されたのが元祖とされている。日本においても八〇年代に入ると8ビットのCPUを搭載したPC（パソコン）が、富士通、NEC、シャープを中心として発売され、そのハード上においてプレイできるエロゲーが登場している（宮本直毅『エロゲー文化研究概論』総合科学出版、二〇一三年）。ただし、ここで大きな分岐点になったのが、一九八三年のファミリーコンピューター、通称ファミコンの発売である。これにより子供から大人に至るまで楽しめるゲーム専用のハードがPCとは別に存在するようになったのである。つまりこれまでゲームのハードとしても活用されていたPCがゲーム専用機の発売によりその機能のほとんどをファミコンに奪われていったことになる。そして18禁を中心としたエロゲーはPCでのみプレイできるゲームジャンルとなり、隔離化されていくことになる。

任天堂の許可が得られない、もしくはゲリラ的に発売され、すぐに発禁になったエロゲーはファミコンにも少ないながらも存在した。しかし、ほとんどが普及することなく消えていったため、やはりエロゲーとされるものの多くはPCをハードとして発売されていくことになる。そして、八〇年代後半にはフェアリーテイル、そして一九八九年にエルフ（二〇一六年三月にゲーム事業から撤退）、アリスソフトが設立されるなど、エロゲーブランドの老舗が続々と登場してくることになる。このエルフから空前絶後の大ヒットとなり、恋愛シミュレーションゲームというジャンルを確立させた作品が一九九二年にPC98で発売された『同級生』である。この作品より前はただナンパをしセックスをするだけ、麻雀をして勝つと女性が脱ぐ、というように男性視点の性的興奮に対し直情的に訴える作品が中心であった。しかし、そのなかで『同級生』は物語性の非常に強い作品となっている。

町内会を中心としたマップを主人公が移動しながら、同級生や関係する女性たちと話をし、イベントを起こしていくのが基本的なゲームの作業になる。女性に声をかけていくだけであれば、従来のナンパ物のゲームにもみられる要素であるが（そして実際に制作当初はナンパ物を想定していた（前掲宮本二〇一三））、ここで大きいのは一つの決められた時間において一つの行動を選択すると、同じ時間帯に起こりうるほかの女性との会話やイベントは時間経過により選択できなくなることである。今でこそ恋愛シミュレーションゲームとしては至極当然のゲームデザインであるが、それまでのエロゲーにはない物語性が強く打ち出されている。つまり一人の女性を追いかけ続けることも可能であるが、すべての女性に声をかけることもできるし（その代わり誰ともゴールインできない）、誰とも関わり合いをもつことなく過ごすこともできる（ゲーム内でもひとり……）。プレイヤーの選択により、浮き上がってくる一人の女性と主人公との関連性から主人公（プレイヤーである自分自身）だけの物語を深く刻み込んでいくことになる。

そしてエポックメイキングともいうべき作品が一九九四年から一九九五年にかけて二作品出されている。まず一つ目が、一九九四年に家庭用ゲーム機ＰＣエンジンにてコナミから発売された『ときめきメモリアル』である。この作品は『同級生』と同様に様々なハードでリリースされていく作品となった。最初の発売はＰＣエンジンであったが、その後、PlayStation、セガサターン、スーパーファミコン、windows95、ゲームボーイ、そして二〇〇六年にはPlayStation Portableと様々なハードにてリリースされ、そのたびに多くのユーザーを獲得してきている。ゲームという単体のメディアだけではなく、メディアミックス展開にも成功している。特にメインヒロインである藤崎詩織は、容姿端麗、才色兼備、スポーツ万能という完璧超人であり、なんと主人公の幼なじみなのである。完璧超人であるためユーザーから多くの

「ときめきメモリアル」KONAMI
1994年

人気を得た反面、彼女と仲良くなるためにはすべてのパラメーター（体調、文系、理系、芸術、運動、雑学、容姿、根性）を一定値以上にする必要があり、攻略難易度の高さからラスボスの異名をもっていた。そう、ラスボスのあだ名は小林幸子より先なのである。ラスボスであろうとも一番人気であったため、彼女に関連するグッズは大量に販売され、CDデビューをし、アルバムがオリコンチャートのベストテンにランクインするなどのメディアミックス展開が行われ、私財を投げ打つ人々が大量に発生した。この点はヴァーチャルアイドルとしても先進的であり、同時期に登場した伊達杏子《だてきょうこ》（ホリプロ所属の3DCGアイドル）や、これらよりも先行して伊集院光によりプロデュースされた架空アイドル芳賀《はが》ゆいなどとともに九〇年代前半におけるアイドル史を語るには必ず登場する人物といえる。もちろん福山雅治の奥さんである吹石一恵が映画版『ときめきメモリアル』（一九九七年）で藤崎詩織を演じているという点も特筆すべきかもしれないが、映画の内容はゲームとはほとんど関係ないのであった。

藤崎詩織は幼なじみであるが、家が隣同士でありながらも帰宅時に友達に噂されると恥ずかしいとして一緒に帰るのを拒否するセリフが話題になることからもわかるように、主人公との距離感は非常に大きく、それほど幼なじみ要素が物語にからんでいるわけではない。つまり『ときめきメモリアル』はギャルゲー、恋愛シミュレーションゲームには大きな影響を与えたが、幼なじみ観にはそれほど影響を与えていないのだ。これに対して、もう一人、人気を博した幼なじみが同時代的に存在している。一九九五年にエルフから発売された『同級生2』に登場する鳴沢唯《なるさわゆい》である。『同級生2』はタイトルからもわかる通り、先述の『同級生』の続編であり、PC98での発売以降、スーパーファミコン、セガサターンやPlayStationなどの全年齢版や、dmmのダウンロード販売に至るまで多くのハードでリリースされている。前作の『同級生』が夏休みを中心とした物語であったのに対し、『2』は冬休みが中心となっている。つまり攻略期間が短いのだ。夏休みより冬休みは短い（そうではないという地域もあるかもしれないが）。そして何より前回は複数プレイが可能であったのに対し（要は二股、三股……ということである）、今回は非常にシビアな設定をクリアしていかない限り同時攻略ができない。一途な恋は重要ということである。

鳴沢唯は主人公と八歳のころから十年間にわたって同居している。これには理由があり、唯の父親が亡くなった際、困っていた唯の母が、ちょうど主人公の母親が亡くなり経営していた喫茶店の担い手がいなくなり困っていた主人公の父親に誘われ、喫茶店で働きつつ、母親代わりとして主人公と同居することになったのである。唯は八歳から主人公と同居しているが、血はつながっていないし、戸籍上もつながっていないのである。唯の母親が主人公にとって母親代わりであったとしてもつながっていないのである。さてこれは物語上の理由である。ゲームの社会的側面からの理由としては、唯は主人公のことを「お兄ちゃん」と呼ぶという名残があるように、制作当初は義理の妹という設定であった。ゲームの攻略次第では主人公の父親と唯の母親が結婚する情報を手に入れることができる。つまり当初、主人公の父親と唯の母親は結婚し、唯と主人公は家族となったうえで物語が進行する予定であった。しかし、社会的、道義的理由から義妹と結ばれることを避けるため、単なる同居人ということになってしまったのである。

さて困ったことに藤崎詩織が幼なじみ設定を物語に活かせていないと述べたが、実は鳴沢唯も幼なじみ設定は活かせていない。幼なじみではなく同居人である。ほぼ家族である。というより本来的には家族であった。だからこそプレイヤーは「お兄ちゃん」と呼ばれるのだ。のちに妹萌えというジャンルはオタクの間で一般化していったが、この当時はまだその概念すらない。妹だけれども、戸籍上と生物学上は妹ではないという鳴沢唯は妹萌えの元祖として人気を博していくことになる。つまり幼なじみ的要素は一つもピックアップされていくことなく、妹萌えにつながっていってしまったのである。

お気づきであろうか。幼なじみに注目しているあまり、幼なじみ要素が前面に押し出されていくことを見出そうとしているが、そもそも幼なじみは関係性であって、本人の資質ではないのだ。したがってギャルゲー、恋愛シミュレーションゲームにおいて、パラメーターとして機能していくことは、なかなか難しい側面がある。しかし、設定としての有用性は逆にいえば非常に高い。

エロゲーブランドであるLeafから一九九七年に発売された『To Heart』はwindows版だけではなく、PlayStation版も発売され、一〇万枚以上の売り上げをあげた大ヒット作品である。ビジュアルノベルと銘打たれているように、一九九二年にチュンソフトより発売された『弟切草《おとぎりそう》』や一九九四年の『かまいたちの夜』などにより大ヒットしたサウンドノベルの形式をエロゲーに導入したのである。サウンドノベルとはこれまで紙の本で存在していたゲームブックのように、ノベル形式で物語が進むなかで選択肢が登場し、プレイヤーが選択した内容により、その後の道筋が変化していくものである。つまり、ビジュアルノベルでは出てくるヒロインたちとの会話やイベントにおける行動の選択により、意中の女性と仲良くなれるか、それともなれないのかが決まってくるのである。

そのなかでメインヒロインの神岸《かみぎし》あかりが主人公の幼なじみとして登場してくる。神岸は物心がつくころからの仲良しであり、主人公と彼女との関係性を中心として物語が展開していく。もちろん神岸との恋愛コースも選択していくことは可能だが、実はこの作品においては幼なじみ設定が活かされており、幼いころから互いに過ごす時間が長いがゆえに性的関係を含めてアプローチの難しさが描かれている。幼なじみという関係性は、実は恋愛関係を構築するにあたってはプラスに作用するのではなく足を引っ張るのである。関係性が密接であるということは、ある意味では主人公の周囲に異性が存在する、という一見すると華やかさを加速させているように思える。それだけであればプラスかもしれない。しかし、それは逆にいえば、別の関係性への変容を望んだ場合、当然ながらこれまでの関係性を捨てる、もしくは異質なものになり二度と元の要素を抽出することはできないという残酷さを含んでいる。

さらには『To Heart』の場合、多くのプレイヤーが着目したのは幼なじみ性ではない。マルチと呼ばれる正式名称HMX-12型であるメイド型ロボットが爆発的な人気を得てしまったのである。メインヒロインである神岸や、主人公および神岸と仲の良い長岡志保が物語的に注視されうる存在であるわけだが、そのような主人公の周囲数メートルにある日常生活のなかから浮き上がってくる物語だけではなく、周辺領域に配置した金髪の同級生や黒魔術に入れ込んでいるお嬢様、メイド型ロボなどの非日常的人物との関わり合いもまた大きくクローズアップされていくことになった。そのなかで特に人気を得て、看板娘のように多くのメディアに登場していったのがマルチである。ロボだというのに学習型であるために掃除以外の機能は極めて低く（要はドジッ娘）、人間の喜ぶことを進んで行い、何より心をもち、試験データの取得のために学校に通うことになったのが彼女になる。彼女の人気は結果としてメイドロボという、この作品以前にも存在はしていたが脇役的であったキャラクターを、オタクたちを中心とした文化圏のなかで一気にメジャーに押し上げることになった。そう、既述のように『同級生2』でも幼なじみは大きな注目を集めるまでには至らず、妹萌えへとつながっていったが、『To Heart』においても幼なじみのフィクション内地位向上にはつながらず、メイドロボ萌えを普遍化させる結果になったのである。

幼なじみは関係性であり、登場人物たちの属性として大きく注目していくことは難しい。しかし物語上、学校という場所を選択し、日常生活を描き出していくことに注力していくと必然的に主人公というポイントを出発点として登場人物を配置していくことになる。特に『To Heart』を大ヒットさせたLeafは、最初のヒット作『雫』（一九九六年）、そして次のヒット作『痕《きずあと》』（一九九六年）の二作品ともにオカルトや狂気という非日常的な世界観を中心に押し出していた。そこから一八〇度転換し、日常的な世界観を取り上げ、ピュアなラブストーリーを描いていったのが『To Heart』である。そのギャップもさることながら、日常的な穏やかな世界観を背負っていく作品は以降、同じくLeafによる痛みを伴う恋愛を描いた『WHITE ALBUM』（一九九八年）を経て、Tacticsによる『ONE〜輝く季節へ〜』（一九九八年）、Keyの処女作『Kannon』（一九九九年）へと至り、九〇年代後半の泣きゲーブームを生み出していく。エロがゲームの目的であり、物語のメインであったのに対し、物語の主眼が恋愛であり、泣くほどの感動へと至るのが泣きゲーと呼ばれる概念である。つまり『同級生』以前のようなナンパやエロがメインであった作品群とは大きく違い、恋愛という普遍性のより大きい概念に焦点を当てることにより、当然ながら日常性が高まっていく。そしてその日常性というバックボーンを受けて、主人公と他者とのつながりの一つとして選ばれたのが幼なじみである。

恋愛自体に主眼が置かれたゲームが増えるとともに、幼なじみが出てくるゲームは多数存在するようになる。そのなかにおいて、出てくる主たる登場人物が全員幼なじみというゲームがハイクオソフトからリリースされた『よつのは』（二〇〇六年）である。この作品は最初、ＰＣゲームとして発売されたあと、ファンディスクやアニメ化、漫画化され、PlayStation2版がリリースされるなどメディアミックス展開するほどの人気を得た作品である。何度も繰り返すが、幼なじみとは関係性である。この作品は主人公と幼なじみである三人の女性との物語になる。主人公ら四人は廃校が決定した学園に思い出を残したタイムカプセルを埋めて、再会を誓い、別々の進路を選んでいく。三年後に再会を果たし、埋めたタイムカプセルとともに思い出自体を探していくのがゲームの主眼になっていく。ここで出てくる幼なじみは、外見や身体を含めてそれぞれ特徴的な属性に振り分けられている。主人公からみると一つ年下の猫宮ののは隣に住み、背が低く、なぜかランドセルを背負っているという妹キャラである。主人公と同居している柚姫衣織《ゆずきいおり》は一つ年上のお姉さんキャラであり、グラマラスな体型である。そして最後の幼なじみは朝に窓から侵入してくる悪友といえる存在である天地祭《あまちまつり》になる。さてメインはこの三人になるが、作品内にはもう一人幼なじみがおり、病弱で長期間入院していたため久しぶりに主人公に会った雪亜凜沙《ゆきありさ》がいる。というように妹、姉、近所の悪友、そして病弱とそれぞれのポジションが明確に線引きされながらも、主人公と幼なじみという関係性でのみつながりが成り立っているのである。ここまで記した情報は廃校が決まった時点のものであり、三年後にどのように変化しているかはユーザーがゲームをプレイしながらみていくことになる。

つまり幼なじみであることの要素は実は「三年前を知っている」、「久しぶりに会っても、いきなりコミュニケーションが取れる」の二点に集約されている。女性と思い出を共有することと、いきなり話しかけても問題が起きないことが同時に成立している。ゲームである以上はユーザーを没入させ、主人公と物語とユーザー自身それぞれがある程度は同期していく必要性が生じる。その点において、コミュニケーションを違和感なく押し進めるには、物語的世界における説得力のある設定が必要になる。その点において関係性の省略と加速を同時に成功させる幼なじみという関係性が大きく活用されることになる。しかし、この点は逆に言えば、どこまでも幼なじみは関係性のみが抽出されていくだけになってしまうことも意味している。

第五章

幼なじみのいうことを聞きなさい！

――またはこれは言ってみりゃ「ライトノベルとゲームと松智洋の話」――

さて、ここまでは幼なじみをめぐる様々な作品に注目し、歴史的に考察を重ねてきた。ここまできて、多くの媒体が登場してくることに気づいているであろう。小説という媒体だけではなく、アニメや漫画、ゲームという様々なメディアを横断しながら作品が展開されていくメディアミックスが日本のエンターテイメントを考えるうえでは無視できない現象といえる。したがって、本章では幼なじみから少し離れて、メディアミックスに焦点を当てることにする。

エンターテイメント性の高い小説、特にライトノベルは媒体としてアニメやゲームとの連関性の高いイラストが表紙であったり、内容としてもゲーム文化を背景として物語要素が彩られている傾向にあったりする。そのため根本的にゲームやアニメとメディアミックスすることに大きな違和感が出てくることはなく、ライトノベルという言葉がない時代から多くの作品がゲーム化されている。初期の作品として代表的なものとしては高千穂遙の「ダーティペア」シリーズが挙げられる。小説としては一九八〇年に『ダーティペアの大冒険』（ハヤカワ文庫）が刊行され、一九八七年にファミリーコンピューター用ソフトとして『ダーティペアプロジェクトエデン』（バンダイ）がリリースされた。同様に田中芳樹の「銀河英雄伝説」シリーズも、一九八二年に『銀河英雄伝説I黎明篇』（トクマ・ノベルズ）が刊行され、一九八九年にPCゲームとして『銀河英雄伝説』（ボーステック）がリリースされた。

これらの作品の特徴としてはゲームだけではなく、アニメや漫画という複数媒体によりメディアミックス展開していたことにある。この背景として「ダーティペア」に関しては作者の高千穂遙が主要メンバーであった「スタジオぬえ」の存在は否定できないであろう。スタジオぬえがアニメ脚本や小説だけではなくアートシーンに至るまでメディアミックスを前提として作品制作に関わっていたことは（例えば『スタジオぬえメカニックデザインブックPART1　機動兵器編』（バンダイ、一九八九年）など）、高千穂作品自体がメディアミックス化されていくことの一因になったことは指摘できるであろう。もちろん、それ以外に出版社や作者の意向、ヒットしたSF作品であることなど多くの要素が複数化されていくことは考えられる。その点においてメディアミックス展開作品を多く抱えていた徳間書店で出版された「銀河英雄伝説」シリーズがゲーム化、漫画化、アニメ化されていくことは出版社の動向をとらえると当然といえる。

その後、八〇年代後半から九〇年代にかけて出版社主導によりライトノベルレーベルが続々と作られ、それとともにヒット作品がメディアミックス化されていくようになる。特に八〇年代には角川映画として小説とのメディアミックスを進めてきた角川書店が、九〇年代に入り、その勢いを加速・拡大させていく（マーク・スタインバーグ『なぜ日本は〈メディアミックスする国〉なのか』KADOKAWA、二〇一五年）。その特徴的な存在が一九八八年に刊行された水野良の『ロードス島戦記灰色の魔女』（角川スニーカー文庫）であり、もう一つが谷川流《たにがわながる》『涼宮《すずみや》ハルヒの憂鬱』（角川スニーカー文庫、二〇〇三年）である。ロードス島戦記シリーズは、パソコン雑誌『コンプティーク』に掲載されたTRPGのリプレイをもとにして書かれている。つまりTRPGの世界観が先に存在し、小説化され、ゲーム化、アニメ化、漫画化、舞台化とメディアミックス展開が行われていった。ここでの特徴は雑誌というプラットフォームを利用しながら、様々な媒体でのメディアミックスを行っていったことである。これに対し、涼宮ハルヒシリーズは初出は小説ではあるが、その後の漫画、アニメ、ゲームというメディアミックス展開は角川書店主導による「ハルヒ主義」と名付けられたキャラクターと世界観を結びつけた展開であった。これらは世界観やキャラクターを中心にすえながら、メディアミックスを前提として進められる、ニコニコ動画をベースとした新しいメディアミックスにつながっている（詳細は前掲スタインバーグ二〇一五を参照）。

このように小説を中心としたメディアミックス自体も変化を示しているなかでゲームと小説との差異は何であろうか。ゲームに関する定義は様々な研究者が検討を重ねており、現在進行形で議論が行われている。そのなかでもゲームとゲームではないもの、そしてその中間的な存在に関して考察を行っているのが、イェスパー・ユールである（Jesper Juul, *Half-Real: Video Games between Real Rules and Fictional Worlds,* The MIT Press, 2005 イェスパー・ユール『ハーフリアル―虚実のあいだのビデオゲーム』ニューゲームズオーダー、二〇一六年）。ユールによるゲームの定義は大きく分けると二つになり、一つはゲームシステム自体に関わる要素（ルールの存在、定量的な結果、結果に対する価値設定）であり、もう一つはプレイヤー自体の要素（プレイヤーの努力、プレイヤーの感情と結果のつながり、結果によるプレイヤーへの影響(賞金など)）を挙げている。ここにあてはまらないものに関してはゲームではないものとし、マージナル的な存在としてギャンブル（プレイヤーの努力ではどうにもならない）やボードゲーム（ルールが改変可能）などを挙げている。

さてユールの定義では小説は結果が固定化しており、プレイヤーの努力は関係がなく、結果がプレイヤーへの影響を与えることもないとなり、ゲームと定義することはできない。これに対して異論はない。しかしながら、小説を中心として考えた際に、ゲームブックやノベルゲームは小説の延長線上にあるのではないだろうか。ゲームブックにしろノベルゲームにしろ、ゲームのルールが存在し、プレイヤーとの関係性が存在するが、プレイヤーによる努力の側面はほぼ考えられないことからマージナル的な存在としてとらえていくことは可能である。では小説とマージナル的な存在との間は完全なる断絶が存在するのであろうか。

ノベルゲームは時として「小説でも映画でもゲームでもない、中途半端なメディア」とされる傾向にある（七邊信重「ノベルゲーム　デジタルゲームを使用した一つの表現」デジタルゲームの教科書制作委員会『デジタルゲームの教科書』ソフトバンククリエイティブ、二〇一〇年）。もちろん、七邊信重はノベルゲームの一つの方向性としてキャラクターの感情や心理状況をより豊かにプレイヤーに伝えることが可能なことを指摘している。その論点としてはＣＧやテキスト、ＢＧＭなどの使用、主人公自身とユーザーとの同一感、物語構成を取り上げて、ノベルゲームの特徴的な側面としているのである。典拠となった涼元悠一の『ノベルゲームのシナリオ作成技法』（秀和システム、二〇〇六）ではビジュアルノベルであることに注視してから説明に入っており、ユーザーが目にする画面を強く意識して、キャラクターの画像が存在し、そのうえで物語を構築していくことが求められている。これは旧来の映画の脚本理論や小説の創作理論ではみられない内容になっており、大きな特徴といえよう。

しかしキャラクターに焦点を当てた際、キャラクター制作における表作成やリスト作成は発表媒体がゲームであるか小説であるかの差異はあるにせよ、大きな違いはみられない（例えば前掲涼元二〇〇六およびシド・フィールド『映画を書くためにあなたがしなくてはならないこと』フィルムアート社、二〇〇九年）。キャラクターの内面と外見をともに作り込んでいく作業自体に大きな差異は存在せず、それを媒体に乗せた際にどのように動かしていくのかで差異がみられるようになっている。

媒体の差異の根幹には物語を創作するという部分が存在しており、出発点としては同義なのかもしれない。しかし、これはかなり原理主義的な話ともいえる。根幹が同じであっても、その延長線上の存在まで同じになるはずはない。そもそも、それはユールの議論が成立しないほどの根源的で初発的な部分でしかない。では、媒体の差異をライトノベルとゲームで考えた場合はどのようになるのであろうか。

ノベルゲームにおいて特に一ジャンルとして成立しえているのが、ビジュアルノベルと呼ばれるものである。人物を立ち絵として描き、画面下部に文章が表示され、キャラクターが表情や姿勢を変えながら話が進んでいくのがノベルゲームであるが、その初発は『かまいたちの夜』（チュンソフト、一九九四年）である。『かまいたちの夜』のヒットにより以降、ホラーテイストのノベルゲームが多く発表されたが、そのフォーマットを踏まえてLeafにより制作された『雫』（一九九六年）、『痕』（一九九六年）、『To Heart』（一九九七年）のヒットにより美少女を描くノベルゲームが形式化していく。そして『Kanon』（Key一九九九年）、『AIR』（Key二〇〇〇年）により美少女ゲームにおいてもノベルゲームが普遍化されていく。この流れのなかで多くの美少女ゲームが登場することになるが、その百花繚乱ともいえる状況であった美少女ゲームを手掛け、のちにライトノベル作家となっていったのが松智洋《まつともひろ》である。

ゲームクリエーターとしての松の代表的な参加作品としては『センチメンタルグラフティ2』（NECインターチャネル、二〇〇〇年）や『涼宮ハルヒの並列』（セガ、二〇〇九年）を挙げることができる。『センチメンタルグラフティ2』の前作は主人公が全国各地の十二都市をめぐり、十二人のヒロインに会っていくことで物語を進める作品であった。これに対し、『2』は前作の主人公が交通事故により亡くなり、新しい主人公になっているのに対し、前作のヒロインはそのまま変更されることなく、それぞれの事情により東京に来ている設定に変更されている。前作では主人公は各都市を移動していくことは物語の進行上、避けられず、ある意味でプレイヤーが一人のヒロインに没入していくことは非常に難しかった。それに対し、主人公を変更し、ヒロインを東京に集中させた『2』は、通常の美少女ゲームと同様に複数のヒロインからプレイヤーが意中の存在にアプローチを重ねていくことができるようになったわけである。松の大きな功績の一つといえよう。ゲームシステムは基本的なビジュアルゲームと同様でキャラクターの立ち絵とともに文章が画面下部に書かれている形式である。そして内容もまた多くの美少女ゲームと同様に複数存在する女性に対する主人公の会話や行動をプレイヤーが選択することで、話が分岐し、結果として親密な関係性を築き上げていくことが求められていく。つまり物語内に出てくる女性たちは主人公（つまりプレイヤー）からみると選択制のなかに存在し、それとともに物語も多様化していく。

しかし、これに対し、ライトノベルという媒体で描く場合は、主人公が均等にヒロインに対し、選択肢を提示していくことはできない。小説の主人公である以上は、物語において自身の欲求をもとに行動を選択し、進めていくことになる。ライトノベルを代表するエンターテイメント作品では、主人公の性格や内面が行動へと転換されていく（前掲フィールド二〇〇九、円山夢久『「物語」のつくり方入門　七つのレッスン』雷鳥社、二〇一二年）。そのなかにおいて松のライトノベル作品としてのデビュー作である『迷い猫オーバーラン！』は主人公が誰かを選ぶことの難しさを露呈した作品といえよう。メインヒロインは三名おり、主人公である都築巧《つづきたくみ》が働く洋菓子店「ストレイキャッツ」には、幼なじみでツンデレの芹沢文乃《せりざわふみの》、拾われてきて無口ではあるが菓子作りの才能をみせる霧谷希《きりやのぞみ》、幼女に見える外見とお金持ちのお嬢様でワガママな梅ノ森千世《ちせ》で構成されている。この三名を中心に主人公とのラブコメが描かれていくことになるが、女性それぞれのキャラクターを描き分けている点においては美少女ゲームの基本的な構成を受け継いでいるといえる。しかし、ゲームではプレイヤーが主人公を操作し、道筋を選択していくことにより物語が分岐・展開していくのだが、小説ではプレイヤーの関与が行われない。それぞれの女性をキャラクターとして描き出していこうとすればするほど、つまり主人公との関係性を描けば描くほど物語は拡散してしまうことになる。その点において次のシリーズである『パパのいうことを聞きなさい！』では、キャラクターは豊富ながら主人公をめぐるヒロインの数を減らしている。主人公の瀬川祐太と突然、同居することになった三姉妹のうち長女である小鳥遊空《たかなしそら》が一人目のヒロインである。

『迷い猫オーバーラン！』松智洋　集英社スーパーダッシュ文庫 2008-2012年
©松智洋・ぺこ／集英社スーパーダッシュ文庫

もう一人のヒロインは大学の先輩である織田《おだ》莱香《らいか》になる。それ以外にも多くのキャラクターを配置しながら、主人公は空か莱香との関係性を選択していくことになる。つまり、これまでゲームにおいてプレイヤーが選択していたことを主人公自身の意思で行い、プレイヤーと切り離すことを厭わずに物語が進められるのである。

松は既述のようにゲームとライトノベルというメディアの差異を活かしながら、物語を深化させていった。これはゲームのプレイヤーと小説の読者との差異が非常に大きく、ユールが定義するゲームの範囲に入っているかどうかという問題とともに受け取り手側の違いにも依拠している。しかしながら、この関係もゲーム産業自体の変容と連動していく。

家庭用ゲーム機の売り上げが減少していくことに対して、ソーシャルゲームのゲーム内容だけではなく産業的な進捗も大きなトピックとなっている（詳細は小山友介『日本デジタルゲーム産業史―ファミコン以前からスマホゲームまで』人文書院、二〇一六年）。そのなかにおいてライトノベルもまたメディアミックスとしての媒体はこれまでの家庭用ゲーム機だけではなくソーシャルゲームとの連動も数多く行われるようになる。では松が美少女ゲーム的世界観をゲームとは別に小説のなかで描いていこうとしていたのに対し、ソーシャルゲームではどうであろうか。

『パパのいうことを聞きなさい！』
松智洋　集英社スーパーダッシュ文庫　2009-2015年

例えば『スクールガールストライカーズ』（スクウェア・エニックス、二〇一四年〜）では「ラノベスタイルRPG」と銘打たれているように、スマホゲームでありながら多くのテキストを読ませる作品となっている。選択肢により物語が分岐していくシステムではなく、プレイヤーが介入することのできない物語をみさせられるという形式である。そのためゲームシステムの部分は、ミニゲームを除けば、三六名（二〇一七年九月末現在）の女性から五名を選び、チームを作り、ほかのプレイヤーとの対戦やミッションを基本的に行うだけになる。これはパズドラ以降の無課金でもプレイヤーの努力次第でプレイヤーの目標に到達でき、またほかのプレイヤーとの交流を極力排した形式を、この作品でも踏襲していることになる。不定期に行われるイベントにより、ゲームへの飽きを排除しているわけだが、この作品は各プレイヤーによりチームとして選ぶ女性が違うという大きな特徴を抱えていく。つまり通常のミッションや不定期に開催されるイベントで描かれていく物語をプレイヤーは抗うことなく受け入れながら、それぞれのキャラクターの物語を脳内で同期しながらチームに選んでいくわけである。

　この作品のノベライズは当然ながら難しい。作品としては二〇一七年九月現在で『スクールガールストライカーズ Novel Channel』（二〇一五年）、『スクールガールストライカーズNovel Channel Festa!』（二〇一六年）（ともにGA文庫）が発行さ

『スクールガールストライカーズ（小説版）』 榊一郎・氷上慧一・ひびき遊　GA文庫　2015年

れている。ゲームでは多数のキャラクターを取り上げることは成立するのだが、小説となるとゲーム要素をそのまま再現することはできない。必然的に一人を主人公にすえて物語を描いていくという補完的な立ち位置になってしまうわけである。しかし、この作品に限らず、ソーシャルゲームのノベライズにはダウンロード用キーが封入されており、新しい物語が描かれることが、それだけで完結せずにゲーム自体への何かしらのフィードバックが行われる傾向にある。物語の多様性そして大きな可能性を小説という媒体が示す契機になるかもしれないと期待している。そして何より『スクールガールストライカーズ』の猫隊長の一人として妖魔《オブリ》討伐を日々行っている筆者としても期待している。

第六章

幼なじみとは違う一日

――またはこれは言ってみりゃ「上京をめぐる物語」――

東京史観というものが存在するのではないかと思い始めたのは、東京を離れて数年経過した、ここ最近の話である。地方に住むと何かを行うだけで労力を必要とする。何が大変なのかというと、これまで当たり前のように大学図書館の地下書庫に入って閲覧していた研究書や史料などが県内にある公立図書館や大学図書館の蔵書検索を行っても出てこない。つまり、これまで都内で生活していたときには図書館に自宅から数十分かけて行っていたわけだが、同じレベルの研究活動を自分自身に要求すると新幹線やら何やらを駆使して数時間かけて、ようやく達成できるのである。同じことはオタク活動にもいえる。そもそも私が子供のころ愛媛県ではアニメなどは、ほとんど放送していなかった。何せキー局がほとんどなかったので、放送するしない以前の問題であったのだ。翻って、二〇一六年現在において地方に住むことは、そのときに比べるとデメリットはかなり軽減しているといえる。しかし、コンテンツに対する理解が世間的に深まったことにより、東京を中心とした大都市ではアニメやゲーム、漫画に関する展示が多く行われている。もちろん、それらは地方では見られない。上映館数の少ないアニメ映画も同様である。隣の県に行かなければならない。

東京に住むということは、それだけの情報とスピードのなかに無意識のうちに身を投じており、その外側の事象には気づきにくいということである。しかし、何かを語る際に、そのことを忘れてしまっていてはいけない。世の評論家たちが『エヴァンゲリオン』を取り上げ、一九九五年が一つの文化的画期であると語るのを目にするたびに、私は嘆息するのである。愛媛県では一九九七年に『エヴァンゲリオン』が放送されたのだ。今でも覚えている。宮崎駿《はやお》監督の『もののけ姫』の公開時と見事に重なっていた。愛媛ではエヴァともののけ姫が同時に直撃したのである。そのため『エヴァンゲリオン』が何かの分水嶺のように語られるたびに、大きな違和感が生じてしまい、「あー、これは『一部の地域を除く』を無意識にやってしまっているのだな」と頭を横に振っているのである。

日本は当然ながら均一ではない。琉球からアイヌに至るまで多くの人々が存在する。何より東京都内であれども区ごとに文化的カラーが違い、そのこと自体をネタにした書籍まで発行されている。そしてだいたいはテレビのバラエティ番組『月曜から夜更かし』(日本テレビ)のネタになって、視聴するたびにニヤニヤしているではないか。そのことを折に触れて目にはしながらも、文化的差異が眼前にそびえたたないと人間は気づかないものなのである。偉そうに書いているが、愛媛県から大学進学とともに上京した地方出身者である自分自身が人生の半分を東京で過ごしたことにより、文化的な差異をすっかり脳内からデリートしていたのである。

「私に不可欠なものがまるっきりないんだもん。ヒルズもエストネーションもバニーズも、丸赤も明治屋もみんな」

「そんなこと言ってなんだかんだでもう三年は経つよ。いい加減慣れたでしょ」

ミワが言うと、真理恵はきれいに巻いた毛先のカールを揺らして首を振った。「慣れない。馴染めない。いつも泣きたい」

(押切もえ「甘くないショコラと有給休暇」『永遠とは違う一日』新潮社、二〇一六年、一五七・一五八ページ)

この短編は東京在住で仕事も恋も人生の目標も定まらないミワと、アナウンサーになるという夢をかなえ、山形県に移住した真理恵、そして結婚している園子の三名の女性の物語である。ここで書かれているように、仕事で山形に移住した真理恵にとって、これまで当然のようにあるものと身体化されてきたものは、当然ながら空間が移動されることにより消滅してしまう。このことに対する不満はその場所に居続ける限り存在するのである。これに対して、実は地方は郊外化しており、そこまでの文化的な差異はないのではないかという意見も存在する。いわゆるファスト風土論と呼ばれるもので、郊外型のショッピングモールが全国各地に立ち並ぶことで、同じものが売られ、同じものが求められるようになり、結果として文化が均一化してしまうという問題である（論を活性化させたのは三浦展『ファスト風土化する日本―郊外化とその病理』洋泉社、二〇〇四年）。もちろん、ある程度はこの点に依拠していくことはできよう。しかし、果たしてすべてが均一化しているのだろうか。

一つには押切もえの小説で描かれていたように都市部から地方に移住した人間の価値観をみていく必要がある。情報が常に動き続けている場所に身を置くことが日常と化していた人間にとって、ショッピングモールのように均一化された文化資本を享受することだけでは情報不足を補うことはできない。地方においてはショッピングモールに行かなければ手に入れることのできない物質であれども、都市部においてはまったく同等の労力を費やしているわけではない。例えば何かの同人誌を物理的に手に入れようと考えた場合、山形ではAnimateにまずは足を運ぶことになる。そして以上だ。そこになければ終わりである。私が最初に山形に赴任したときに感じた絶望感はおわかりだろうか。東京の専門店で店内をぐるぐる回りながら、同人誌を物色していたあの体験をトレースすることはできないのである。ましてや同人誌即売会など、もってのほかである。どこが均一化されたの

『永遠とは違う一日』　押切もえ　新潮社刊　2016年

であろうか。

さてもう一つには、その地方に生まれ育った人の価値観からの問題も存在する。こちらは文化的な差異をいかにして埋めていくのかに労力が割かれることになる。もし地方在住で同人誌を手に入れるために、何をすべきかを考えた場合、一番効率よく手に入るのは通販サイトを利用することである。これは九〇年代半ばまではほとんど存在していなかった同人誌を専門的に取り扱う店舗が勢力を拡大していった二〇〇〇年代以降の話になる。それ以前は、コミックマーケットやコミティアなど都市部を中心に開催されている同人誌即売会に足を運び、人気サークルの場合は並んで買わないと手に入らないのが同人誌であり、地方在住者が手に入れるためには交通費と宿泊費を出して即売会に参加するか、販売元のサークルが個別に通販を行うのを待つしかなかった。ただし、個人での通販は当然ながら手間とトラブルが多発するために積極的に活用されていたわけではない。

この点はコミックとらのあなやCOMIC ZINなど都市部を中心に店舗を構え、一般流通の漫画やライトノベルだけではなく、同人誌も取り扱う、いわゆる同人ショップが展開してくることにより解消されるようになる。これらの店で通販を取り扱うようになったことで、地方にいながらも夏・冬のコミケット終了後に同人誌の新刊が手に入るようになったわけである。もちろん、同人誌を通販するためにはサークル自身が委託をするかどうかに依拠しているため、すべてが通販で手に入るわけではない。私自身も夏・冬のコミケットには毎回、サークル参加しているが、売り子としてブースに座っているため買い物に行く余裕はないので、結局のところ目当ての同人誌は俗に四日目と呼ばれるコミケット最終日の次の日に専門店に買いに行くことが多い。そして、さらにずぼらなので、四日目すら人が多いために一週間ぐらいずらしたりもしている。

この文化的差異を埋めるための労力は、すべての情報を自主的に取得できるだけのアンテナと、吟味・検討していくだけの能力がすでに備わっていることが自明となっている。つまり逆に言えば知らないものは存在しないという文化的空間が出来上がってしまうのだ。同人誌を買うかどうかという以前に、同人誌で活動している作家の情報、そしてその作家が何を書いているのかという情報、そして今度の同人誌即売会で何を販売するのかという情報、それを手に入れるにはどうすべきかという情報と突破すべき段階は複数存在している。地方でこの差異を埋めるためにはネットを活用し、情報を取捨選択していくキュレーター的活動が個々人に求められていくことになる。

キュレーター的活動は実は大変な労力がいる。その点、COMIC ZINに行くとおすすめの作品を平台に置くなどして客に対して大きくアピールしてくれるのである。会社帰りでも仕事帰りでも学校帰りでも何でもよいが、ふらっと立ち寄った際にすでに取捨選択された作品群から自らの嗜好に沿うかたちで作品を選ぶことができる。そして、ここからが次の段階である。COMIC

ZINの店員は常にコミケットやコミティアに買い手として参加し、エンターテイメントに対する審美眼を鍛え続けている。その彼らがセレクトした漫画を読み続けることで、次第に今まさに売れているもの、もしくは売れそうなもの、そして売れ線から外れるとはどういうものかを自然に享受していくことになる。すると自然と本屋などで作品をセレクトしていく自分自身の視線が研ぎ澄まされていく。

情報の少ない土地で育った場合、この感覚を自力で身につけていかなければならないことになる。自分自身を翻って考えれば、単に万単位の漫画と小説を読めば自然と鍛えられるという根性論な回答しか出てこない。しかし、それでは金銭的な問題と時間的な問題でロスが大きいうえに、情報の取捨選択が可能なほどの量と質を担保できるかどうかがわからない。またセレクトの手法も我流となっていく。要はショッピングモール一つできたことで、文化的に均一になるのかというと分野次第では飢餓感だけが加速するのである。

幼なじみは関係性であるということはすでに述べている。この関係性を生じさせ、維持させている大きな要因としては地縁的結合であることが多い。そうでなければ幼いころから知り合いで、一緒に遊んだり、学校に通ったりということはできることではない。幼少期の行動範囲は狭く、その範囲内で知り合いになり、関係性が維持され続けることは家が近いことや同じ町内会であるなどの地縁的な関係性が求められる。したがって、この幼なじみという関係性が分断される瞬間というのも確実に存在する。それが進学や就職というライフコースを選択するイベントにより都市部へ移住していくことになる。そして文化的差異を痛感する。

地方から都市に進学するということを曖昧なままで述べてきたが、実は地方という概念にも多様性が内包されている。同じように都市という言葉においても仙台、大阪、福岡では意味合いが違ってくる。つまりは都市部との距離の問題である。東北地方を例にとると、都市部は仙台と東京になり、それ以外の、特に関西圏の都市に行くこと自体がまれになる。東北地方という地域性のなかでは、ある程度の集団で仙台もしくは東京に移動し、距離的にもそれほど離れていないため地縁的な連携が途切れにくいとされている（石黒格「東北出身者のローカル・トラック」石黒格・李永俊・杉浦裕晃・山口恵子『「東京」に出る若者たち』ミネルヴァ書房、二〇一二年）。するとライフコースを考える際に、都市部に移住することまで含めて検討することが、その地域集団内で当然のこととととらえられていることになる。

もちろん都市部への移住が地域集団と連結しない場合だってあるであろう。中国四国地方であれば、福岡・大阪・京都という都市部には同程度の距離感をもつことができる。さらには東京という首都に対する距離感も隔絶された印象はない。したがって、私個人の話になるが、高校の同級生たちは札幌・仙台・東京・大阪・京都・福岡という都市部にある大学に進学したため、一気にバラバラになってしまった。そして都市部という枠組みだけではなく、広島・岡山という近隣、そして県内と多層性が形成されることになったのである。疎遠になった同級生の一部とは十数年後にFacebookなどのＳＮＳで再開することになるが、それはまた別の話である。つまり幼なじみを考えるにおいても、地方の文化的な問題、そしてそこから脱却するための上京というライフコースに対する認識の地域的差異を考える必要が生じてくる。要は幼なじみを当然と考えるか、そんなものは地縁的関係性がずたずたに切られることが前提のライフコースなので不自然と考えるのかの違いが出てくる。

「それからね、若松寺の縁結びはマスト。かなりご利益あるらしいの。なんと去年そこに行った同期の子が、何年も彼氏いなかったのに即結婚。私、今まで行かなかったからダメだったのかも。園子にはもう関係ないけど、私とミワははずせないね！」

「そ、だね」

バックミラーから向けられた真理恵の真剣な目に、ミワはつられて頷いた。

（前掲押切二〇一六、一六一ページ）

とはいえ、地方の文化が均一になるのは別に郊外型ショッピングモールが建設されることや、ネット文化の普及に責任をかぶせて、終わりではない。日本人が長い年月生きてきた軌跡のなかにおいても、距離的に非常に遠いところで同じようなことをやっていたりするのは多々存在している。押切もえの小説であれほど山形は慣れないと叫んでいた真理恵が意気込んでいた縁結び寺などはその典型で、全国各地に存在する（どうでもいいが、私は若松寺に研究者の吉田正高さん、作家の森田季節さんという男三人で行った）。山形の芋煮もそうである。愛媛県では芋炊きと呼ばれ、「日本三大いもたきサミット」が毎年開催されるほど当然のことなのだが、山形に来てみるとまったく同じことを我が物顔のようにやっていて驚いたものである。ちなみに「日本三大いもたきサミット」には山形からも参加しており、山形のものは芋炊きによく似たものとして紹介され、サミットに招待されている。芋煮は芋炊きの亜種なのだ。

幼なじみというものは概念的にはかなりの普遍性が伴っていると思われるが、これには実はかなりの温度差が存在している。その理由としては当然ながら個人的な環境の問題（同年代の子供がいなかった、もしくは転勤が多くて友達ができなかったなど）もあるが、その大きな背景としては地域性の問題が横たわっている。

第七章

幼なじみ一〇〇人できるかな　その一

――またはこれは言ってみりゃ「教室内における空気の話」――

「共感性羞恥」という言葉が瞬間的にでもネット上を席巻していた。二〇一六年八月二十四日にテレビ朝日系列で放送された『マッコ&有吉の怒り新党』で取り上げられたことで、twitterを中心に多くのネット文化のなかで語られるようになったのである。その内容とはテレビドラマや小説、アニメなど物語の主人公に共感し、主人公が傷つくと、それを受容している自分自身が傷ついているように感じ取ってしまい、作品視聴を続けることができなくなってしまうことを指し示しているらしい。そして番組内では、一〇%程度の人がこの感覚を有しているとしていた。この手の番組によくあることではあるが、具体的な数字を出したにもかかわらず、その根拠となった研究に言及することはない。もしかしたら、画面の端に小さく表示されていたのかもしれないが、そのようなものは目に入っても認識していない。

私の専門は心理学でも精神医学でもないため、最先端の研究ではどうなのかは知らない。しかしながら、管見の限りでは「共感性羞恥」という言葉は別段、学術用語ではないようだ。となると番組スタッフが適当に名付けたものなのであろう。もちろん似たような言葉がないわけではなく、「共感的羞恥」（桑村幸恵「共感的羞恥と心理的距離」『パーソナリティ研究』一七巻三号、二〇〇九年）や羞恥、罪悪感と共感性の連関を考えている研究（有光興記「罪悪感、羞恥心と共感性の関係」『心理学研究』七七巻二号、二〇〇六年）もあったが、用語統一がなされているわけではない。そして、これらの論文を読んでみると、フィクションに対する共感を考察しているのではなく、他者に対する共感を取り上げているのである。つまり、親兄弟などの身近な人と友人、まったくの他人では共感性は違うのかどうかという問題である。結局のところ、テレビで言われていた「共感性羞恥」とは一体何なのかということになるのだが、それを追求するのは心理学にお任せする。

とはいえ、ネット上での盛り上がりは見ていて面白かった。これも管見の限りという言葉を付さねばならないのだが、かなり「共感性羞恥」に共感している人が多く見られたように思える。番組内では一〇％程度しかいないとされていたにもかかわらずである。恐らく番組の定義が曖昧でブレが生じる余地があったために、多くの人を取り込んでいき、一〇％では収まらないような印象を抱いてしまったのだと思う。具体的には「共感」と「羞恥」はそれぞれ定義の範囲がぼんやりしすぎていて、だいたいはＯＫになっているような気がする。共感という問題も「まったく見ることができない」と「手のひらで目を隠しながらも隙間から見て……見ていません」は同じようで違う。「顔を赤らめる恥ずかしさ」と「真っ青になって、動揺する恥ずかしさ」は当然ながら違うのであって、結局のところ根本から曖昧なので、具体的に話を進めるには不向きな問題なのかもしれない。それでも、この件に関して、物語を通じて得られた認識や感情をもとにして多くの人が「あるある」と大きく頷いたことは非常に重要である。

学校の教室という空間は多くの日本人が想起し、イメージを共有できる存在だと思う。もちろん教育を受けるうえでの多様性を加味すると、学校に通うということ、そして黒板があり、それに向かうかたちで同じ形態の机と椅子が人数分並んでいる教室が存在することはすべての日本人一人ひとりが共有できるイメージと言いきることはできない。しかし、義務教育のなかで日本人特有の同調性圧力により、好むと好まざるにかかわらずこの形態の教室に通った人は多いであろう。そして多くの人間が共有できるとなると当然ながら小学校、中学校、高校などの教室を舞台にしたフィクションが多く生まれていくことになる。

テストで良い点を取ったり、先生に当てられて答えた問題がたまたま知っているものだったり、席替えで仲の良い子が隣に来たり、給食で好物が出たりと列挙していけばいくらでも良いイメージを生み出していくことは可能である。学校の机に落書きをしたことはあるだろうし(本当はやってはいけない)、木の天板を掘ってみたりした人もいるかもしれない（本当にやってはいけない)。その意味において、森繁拓真の『となりの関くん』（KADOKAWAメディアファクトリー、二〇一〇〜二〇一七年三月時点で一〇巻）は素晴らしい作品であった。横井さんの隣にいる関くんが、ただ授業中にサボりながら遊んでいるだけの漫画なのである。この「授業をサボる」と「遊ぶ」が、読者にとって共有できるポイントになる。実際に、授業中、漫画を読んだり（もちろんやってはいけない）、小説を読んだり（やってはいけない）、手紙を書いた紙を回したり（やってはいけない）、今だとスマホでゲームをしたり（やってるの？）、とサボった人はいるであろう。そうでなくとも、授業があまりにも面白くないので、ほかのことを考えていた人や、サボる欲求を感じていた人はいたのではないだろうか。そのような点を、この作品は見事にピンポイントに突いてきて読者の心を惹きつけていく。そして「遊ぶ」の部分を漫画的に描き出して、物語を加速させていく手法は見事である。しかし、多くの人が共有できるイメージとしての教室内は、読者を楽しませ、喜ばせるだけの空間ではない。

「私は学校には絶対最後まで来る!!　無視はこらえる!!　――でもやられたら「やめて」って声を上げる。黙ったりなんかしない!!　――こんな所、何があったって生きて卒業さえすれば私の勝ちだ」
（羽海野《うみの》チカ『3月のライオン』七巻、白泉社、二〇一二年、一〇五ページ）

羽海野チカの『3月のライオン』は中学生でプロ棋士となっ

『3月のライオン』　羽海野チカ　白泉社　2008年〜

たものの停滞感を感じている高校生の桐山零《れい》を主人公とし、彼とともに近所に住む川本家との交流のなかで、人間として棋士として成長をみせていく物語である。その川本家の次女ひなたが中学校でいじめられている友人をかばったことにより、そしてそのいじめられていた友人が引っ越したことにより、自らがいじめの標的になっていく物語が途中で語られていく。彼女自身の力強さと同時に存在する脆《もろ》さ、そして物語を勧善懲悪に落とし込まず、きちんと向き合っていった作者に歓声をあげた読者も多いのではないだろうか。この作品で描かれているように、教室内は生徒全員を同調させる力が強く働きやすい場所である。同調の圧力内に本来的にはいないはずの教師ですら、時にその同調の空間内部に存在してしまうこともある。そして、この物語では同調圧力を跳ねのけて壊していったのが外部に存在する教師であったことは一つのポイントであろう。しかし、誰もがひなたのように強くあろうといられるわけではない。


悪いのは、わたしの方なの？

わたしが、人見知りをするから。わたしが、暗いから。わたしが、じめじめ、しているから。だから牛乳まみれの雑巾を絞って、くさいとか死ねとか可哀想とか、言われないといけないの。わたし、そんなに、可哀想な子なの？

（相沢沙呼《さこ》「雨の降る日は学校に行かない」『雨の降る日は学校に行かない』集英社、二〇一四年、二一四ページ）

相沢沙呼はミステリー作家としてデビューしたが、ミステリーだけではなく、ファンタジーや現代小説など多くの作品を手掛け、幅広い活動をしている。そのなかでも短編集『雨の降る日は学校に行かない』は現代の中学生たちの息苦しさを描いた物語である。タイトルチューンにもなっている短編「雨の降る日は学校に行かない」は暗いというだけで仲間からいじめられている女子中学生が主人公である。彼女に対するいじめは、彼女自身の協調性のなさに問題があると突きつけるのが担任教師であり、引用部分はそれに対する彼女自身の心の叫びである。そして、この物語でも主人公は「わたしだって、学校に行きたい！　学校で、友達を作って、普通に勉強したかったたっ！　普通に、みんなと一緒にいたかったたっ！」（同書二三二ページ）とあるように、『3月のライオン』のひなたと同じく通常通り登校することを願い、結果としてそれを貫こうとしたことにより強くあらねばならなくなってしまった。この作品においても、教室内で友達たちと同じように笑い、同じようにリアクションすることが求められている。何より担任自身がその同調圧力を好意的に認めてしまっている。しかし、誰もが同じ空間で同じ感情を抱くことはできない。そして、その心が折れそうになった彼女に手を差し伸べたのも、空間外部に存在する保健室の教諭であった。

『雨の降る日は学校に行かない』　相沢沙呼　集英社　2014年

本章冒頭で「共感性羞恥」の話をしたが、私はこの「共感性羞恥」の定義にあてはまるのであろうと思う。言葉の定義自体が曖昧だから考える意味がないと書いたあとに述べるのはどうかとは思うが、『3月のライオン』を読むのが大変であったのだ。連載ではなく単行本が出るたびに購入して読み進めていたが、いじめのシーンが深刻になっていく六巻ぐらいは非常に読むのがつらかったことを覚えている。読みたくないと読みたいが自分の内部に同居しており、どうしていいのかわからず数か月放置していた。結局、そうしているうちに七巻が発売されてしまったため、えいやっと一気に二巻分を読みきったのである。同じことは『雨の降る日は学校に行かない』にも言える。相沢沙呼は本屋で新刊が並んでいたら、とりあえずは手に取り、購入していく作家ではあるのだが、この作品は非常に悩んだ。悩んだ末に購入し、今度は読むのに悩んだ。仕方なく、開いたのだが、最初から読むとつらい部分を全身で受けなければならないのではないかと思い、なぜか最後の短編から読み始め、そのまま一つ前、一つ前と読み進めていった。このような読み方は初めてである。ちなみに同著者の『マツリカ・マジョルカ』（ＫＡＤＯＫＡＷＡ、二〇一二年）は迷うことなく購入した。マツリカさんは素晴らしい。

さて、この読みたいと読みたくないの同居は非常に難しいポイントで人により違うものかもしれない。同じ羽海野チカ

『マツリカ・マジョルカ』 相沢沙呼
角川文庫　2016年
株式会社 KADOKAWA

が描く美大の群像劇『ハチミツとクローバー』はこの点がまったくなく、スムーズに読み進めることができた。相沢沙呼作品の『マツリカ・マジョルカ』は高校を舞台にしながらも、まったく拒否感なく読み進めることができた。この差は何だろうか。一つには自分の経験値で一から十まで語れる要素が大きいものは、痛みをそのまま受け入れてしまうのかもしれない。そのために『3月のライオン』の将棋部分は拒否感がまったく出てこない。この箇所は私にとって知らない世界なのでベクトルは違えどファンタジーと自分自身を中心にした場合、同距離に位置しているといえる。『マツリカ・マジョリカ』の場合も、メインはミステリーである。主人公の高校生としての動向はサブテーマかもしれないが作品の大きな主題ではない。つまり知っていることと経験値があることは大きな差なのである。知っているだけなら棋士の話だとて、いろいろと過去に読んできたので把握しているし、ミステリーは大好物なので大量に摂取してきた。しかし、自らの経験値と比較してしまうことを無意識にでも行ってしまう物語は大きな重荷となって自分自身にのしかかってくる。

その意味において『3月のライオン』は非常に秀逸な作品構造になっているといえる。単純に主人公が盤面を見つめながら、ただ勝ち上がっていくだけの作品に仕上げていくこともできたはずである。しかしながら、盤上のみの物語にしなかったことでファンタジー性が薄れ、多くの読者にとって共有可能な痛みを伴う物語へと昇華していったことは作者の勝利といえよう。

第八章

幼なじみ一〇〇人できるかな　その二

――またはこれは言ってみりゃ「教室社会と幼なじみの話」――

教室の話を続けよう。教室内における経験は、ある程度の人々において共有されうるものではある。その共有できるということ自体が物語に痛みをもたらし、立体的にしている。そして教室内で起きた事件は、その外部性からの関与により物語が展開していくように作られていた。これは教室内部が画一的で規律・規範に基づいた世界であり、外から無理やりこじ開けていかなければならないほどの存在だからだろうか。

そんなことはない。と、ここ最近の教室を潜《くぐ》り抜けてきた人であれば思うかもしれない。教師の権威が高かった時代を過ごした人は、教師を頂点としたヒエラルキーに飲み込まれて、規律正しい学生生活を送ったと言うかもしれない。そのような話の多くは、北杜夫《もりお》の『或る青春の日記』（中公文庫、一九九二年）が華麗に否定してくれているので話半分で聞き、個人的な感傷と誤差の範囲内かなと思うことにしている。もちろん北杜夫の個性かもしれない。そこまで遡らなくとも自分が過ごしてきた教室は、友人とゆかいにおしゃべりをし、時に眠い授業を乗り越え、昼食を学食で取ることが非常に楽しみであったとなるかもしれない。しかし高校までの授業で、それほど眠くなるものだろうか。私個人が眠かったのは大学のときの講義で、結局のところ、聞くべきかどうかの選択肢を脳内に出現させ、そこから「眠らない」を選ぶとだいたいは眠くならない。寝るぐらいなら読書でもしたほうがよいではないか。さておき、外部から手を差し伸べなければならないほど、組織化されていることは内部にいると気づかないものかもしれない。

メディアは人間の身体の拡張であるとしたのは、マクルーハンである（マーシャル・マクルーハン『メディア論―人間の拡張の諸相』みすず書房、一九八七年）。足と車輪、手とハンドル、口と言葉そして印刷、耳とラジオ、目と映像というように様々な身体の拡張を通じて、我々は情報を得ている。要はメディアを通じて、情報を自らの世界のなかに転換しているのである。それは逆に我々自身も一つの箱として機能していくことを示唆している。つまり、我々もメディアなのかもしれない。そして、さらに足から車輪へ、耳からラジオへと拡張していた時代は、まだ無機物との距離感が存在した。しかし、耳とスマホ、目とスマホ、口と言葉とスマホ、思考とスマホと拡張先がスマホで片づくようになった時代に、メディアとの距離感は以前と同一であろうか。必ずしもスマホである必要はない。ＰＣでもタブレット端末でも、最近では腕時計でもメール閲覧ができたりする。要は電子機器が発達し、電子メディアとして機能し始めた時代において、我々の身体はメディアとの距離感は一定ではなく、有機的に結合してしまっているようにみえるのかもしれない。

私自身は小中高そして大学、大学院とノートにメモを取り続ける日々を送っていた。それが、いつしか自らの手を動かしてノートに書くという行為をなくし、PCのキーボードを叩くことで置換するようになっている。そして情報をクラウド化して、職場だろうと自宅だろうと長期休暇中に過ごす東京の家だろうと同じ環境で読むことができるようにしている。ちなみに今、書いているこの原稿ですら同じように処理している。これは身体とメディアが有機的に結合しているように思えるが、距離感がゼロの錯覚を身体に植えつけているのかもしれない。もちろんネットにおける集合知の有用性や危険性は認知しているし、情報自体が商品化され、幅広く共有される毎日である。ソーシャルゲームに課金をし、データを買うこと自体は珍しい話ではなくなった。私自身はkindleユーザーであり、iTunesも使うので、文字情報、視覚情報とともに音楽情報もデータで購入することになる。

この身体との距離感ゼロは果たして幸福なのであろうか。想定されうることとしてメディアの変化に対応せざるを得ないということが挙げられる。OSがバージョンアップするたびに沸き起こる混乱という大きな出来事だけではなく、小さなバージョンアップによりキーボードを叩く位置が変化したり、これまでスムーズに行っていたことがわからなくなり仕方なく調べることになり、次からは少し考えたうえで新しい方法を思い出しながら行ったりと細かい所作はあるはずだ。そしてこのゼロ距離感覚は教室内にも存在している。

スクールカーストと呼ばれる事象が、その典型である。インドにおけるカースト制度になぞらえて、教室内の人間関係の序列がスクールカーストと呼ばれている。序列は主として人気の度合により作られることが多く、「一軍、二軍、三軍」、「イケメン、フツメン、キモオタ」などのようにグループごとに教室内が分断・序列化され、グループ間では交流が行われなくなる。また、この序列自体も小中高と時間的経過とともに変化し、それぞれのグループは特徴的な要素を備えており、教師側と生徒側での認識の差異が大きい（鈴木翔『教室内《スクール》カースト』光文社新書、二〇一二年）。

個人的にこの現象を初めて耳にしたのは、まだ学生のころ、留学生から聞いたアメリカの事例である。日本でいうところのオタクと呼ばれる人々はナード（Nerd）やギーク（Geek）と呼ばれ（厳密にはナードはより広い文科系学生的な概念で、日本でいうオタクはその一部でしかない）、大学生を中心とした階層構造のなかには、上位にアメリカンフットボールや野球をする男性、チアリーディングを行う女性が位置し、そこに従う人々が下の階層を形成している。ナードと呼ばれる人はその階層構造の外部にはじき出され、埒外の存在として見下されているという話であった。オタクであった自分は何という生きにくい社会なのだろうかと思ったものだが、それは決して対岸の出来事ではなかったといえる。

私自身はスクールカースト的な教室内階層構造に取り込まれたことはなかった。その理由は通っていた在校生の一〇〇%が大学を受験する中高一貫校であり、スクールカーストを形成する理由になる「人気」が成立する以前に学校自体が成績による序列を明確化していたからかもしれない。別段、成績を廊下に貼りだされるような明確な基準ではなかったが、あの当時は合格した大学名と合格者名は貼りだされ、中学一年生から高校三年生まで全学年が目にすることになっていた。これは別の意味で序列化されていたので、生きにくいととらえるかどうかは別問題ではある。「人気」とは曖昧なようで当事者たちには明確なものであり、結局は他者とのコミュニケーションの濃度による。その意味において自分自身が今、高校生をやっていたら厳しいだろうとは思う。そして、そのコミュニケーションを加速させている、もしくは下支えをしているのがスマホを通じたSNSメディアである。アメリカの階層社会でアメフト選手が上位層になるというのは、実は明確な対比としての他者が存在しているわけではない。しかし日本のスクールカーストにおける「人気」は比較対象としての他者が存在している。そしてスマホを通じて行われるSNS活動により、その他者が曖昧なものではなく明確な個人性をもった他者になってしまうのである。それはlineでもtwitterでも構わない。個人が発信するメディアである以上は、その個人と教室内にいる他者との関係性が切れることなく維持され、ネット空間においても同様に双方向で認識されていることになる。

コミュニケーションが重視されるということは、コミュニティを維持するためにはそれぞれの個性を発揮していくことにはなりにくい。それとは逆に、場面ごともしくは決まりきったパターンのなかで想定内の対応を行うというキャラクターを演じることのほうが重要視されていく。それが結果としてコミュニティ内部において「空気が読める」と評価され、キャラクターを勝ち取り、演じきることがますます重要視されていく（土井隆義『キャラ化する／される子どもたち』岩波書店、二〇〇九年、荻上チキ『ネットいじめ―ウェブ社会と終わりなき「キャラ戦争」』ＰＨＰ新書、二〇〇八年）。

そういうわけで、おれと柚舞は幼なじみとはいえ疎遠も疎遠になっており、しかも今のおれに関して言えば、《十年以上の付き合いがある幼なじみがいじめられているにも関わらずそれを見過ごしていた薄情なやつ》という汚名を一身に背負っていることになるわけで。

（八重野統摩『還《かえ》りの会で言ってやる』メディアワークス文庫、二〇一二年、二二ページ）

教室内におけるスクールカーストが加速化されていくと様々なものが変容していく。スクールカーストの根拠がコミュニケーションにある以上は、人と人をつなぐ関係性が一番大きく変化していくのは仕方のないことかもしれない。この八重野作品では主人公がクラス内でいじめられている幼なじみを気にかけ、下校の際、追いかけていくことから物語は始まる。クラスの頂点に立つ一人の女子に嫌われたくないがために、幼なじみに対するいじめを見て見ぬふりをしているのだ。これにより、主人公は良心の呵責が湧き起こり、下校時に話しかけようと追いかけていったのである。この状況は極めてわかりやすくスクールカーストと幼なじみを説明している。幼なじみは幼少期の半径数メートル程度の狭い範囲内の仲が良かった人でしかない。同性・異性であったり、趣味嗜好との重なり合いを考えたりする以前の時期に知り合った相手ということもできる。しかし、認識レベルと交流関係が幼稚園から小学校、中学校と広がっていくにつれて、ただ家が近いから、よく遊んでいるという関係性だけでは維持することが難しくなっていく。この作品でも「互いの家まで徒歩十秒」（同書二〇ページ）と書かれているように、距離的には極めて狭いなかで関係性が構築され、維持されていた。それが決定的に壊れていくのが、スクールカーストである。


「言いたいことはわかるよ。でもな、ちげーんだよ。人生はな、キャラ変更ができねーんだ」

「キャラ？」

「産まれた瞬間にな、もうある程度決まってんだよ。俺だってお前みたいに、顔が良くて、勉強も運動もできる強キャラだったらもうちょっとうまくやるよ（略）」

（屋久ユウキ『弱キャラ友崎くん』Lv.1、小学館、ガガガ文庫、二〇一六年、四四ページ）


この作品の主人公はゲーマーであり、ネット上では日本一位を維持し続けるほどの実力者ではあるが、現実世界の高校ではスクールカーストの下位に属し、同級生内の関係性に怯える毎日を過ごしている。その彼がスクールカースト最上位に所属する日南葵《ひなみあおい》に対して放った言葉が引用部分になる。人気により作られているスクールカーストであるが、その人気の根拠が生得的と主人公が思い込んでいるキャラクター性であるとしている。これは極めてわかりやすく、教室内の力関係をあらわしている。そして、これに対して物語では「人生は、これ以上ないくらいの神ゲーなの」（同書五五ページ）と言う日南に「この『人生』という『ゲーム』に、本気で向き合いなさい！」と言われることで、物語は大きく転換していく。要はスクールカーストと呼ばれる階層社会である以上は、その階層を構築しているルールが存在し、ルールがあるのであれば、それに乗っ取りながら、階層を駆け上がっていくことが可能である。つまり人生はゲームであるという結論になっているのである。そして日南により、主人公が生まれながらにもっているものと考えているキャラクター性、表情や姿勢などもすべて改変可能だとしている。カワイイは作れる、である。

　もちろん、人生はゲームといえるほど、シンプルでもないし、様々な事象が有機的に結びついて動いたりしており、難しいことこの上ない。それでもスクールカーストに関しては、

『還りの会で言ってやる』八重野統摩　メディアワークス文庫　2012年　株式会社KADOKAWA

『弱キャラ友崎くん Lv.1』屋久ユウキ　小学館　ガガガ文庫　2016年

社会的な広がりをみせるものではなく、人生というほどの大きさを形作ってはいない。したがって、その点に関しては神ゲーといえるほどのものなのかもしれない。これは逆に教室内の出来事を人生という言葉でラベリングしてしまう彼らの幼さを一つにはあらわしている。彼らにとっては、教室内の出来事がイコール人生になってしまっている。それだけ視野が狭く、認識能力も低いわけだが、その限られた社会のなかに当事者としてあり続ける限りは、スクールカーストは非常に大きな問題として彼らに降りかかってくるのである。だからこそ、中高生が主な読者ターゲット層であるライトノベルの題材として、この問題がクローズアップされることになる。

「学校はスクールカーストという制度の残酷な階級社会よ。しかもそれが教師にすら黙認されてる。私はそれを革命で変えてみせるわ。だからあなたの力を貸して」

（仙波ユウスケ『リア充になれない俺は革命家の同志になりました　1』講談社ラノベ文庫、二〇一六年、五四ページ）

ライトノベルを中心としたキャラクター小説は、スクールカーストを特定の階層に所属するということを丹念に描いていくだけで物語を進めていくわけではない。そのような物語は一般小説に多くみられるのだが、もちろんライトノベルと一般小説を二項的に対比させていくことを目的にしているわけではない。柚《ゆず》木《き》麻《あさ》子《こ》の「ふたりでいるのに無言で読書」（『終点のあの子』文芸春秋、二〇一〇年）や朝井リョウ『桐島、部活やめるってよ』（集英社、二〇一〇年）のように階層に所属すること、そしてそこに所属する生徒たちに焦点を当てた作品がある一方、白岩玄『野ブタ。をプロデュース』（河出書房新社、二〇〇四年）のように階層自体を壊し、駆け上がっていく作品も存在する。これらに対して、ライトノベルはキャラクターを動かしていく小説だから違うのだとしたいところだが、スクールカーストを取り上げていくという内容面において差異は大きく存在していない。差異はないというより、エンターテイメントである以上、スクールカーストで築き上げられた階層をゲーム的にクリアしていく過程が描かれていく。引用した仙波作品は高校に入学した主人公がスクールカーストの最下層に所属してしまったところから物語が語られていく。そして図書部に入部することを担任に命じられた主人公は、その図書部で出会った少女にスクールカースト自体を革命で壊していくこと、そのために主人公の助力を要求される。それに対して主人公は「でも心の底で、ほんの少しだけ、憧れていたのかもしれない。バトル物ラノベのように、高校に入ったら謎の美少女に素質を見出され、スカウトされ、その美少女と一緒に敵と戦うような、そんな王道の展開に」（同書五四ページ）と考えているように、このこと自体をライトノベル的な世界観として

『リア充になれない俺は革命家の同志になりました』 仙波ユウスケ
講談社ラノベ文庫　2016年

とらえている。

このようにスクールカーストをゲームのように考え、エンターテイメントとして昇華していくことは、既述の『還りの会で言ってやる』や『弱キャラ友崎くん』でも同様の物語展開をしていく。つまりスクールカースト最下層を出発点として、階層を駆け上がっていく展開は、単純化してしまえばＲＰＧの勇者がレベル１からスタートし、様々な困難を乗り越えレベルアップし、最終的にボスを倒していくという流れと読むこともできる。もちろん、それほど単純な物語がトレースされたように描かれているわけではない。中学生・高校生を中心ターゲット層にしているライトノベルは、当然ながら読者をいかに共感させるかに注力していく。そしてライトノベルの読者の多くは、程度の差はあれどオタクと呼ばれるスクールカーストでは決して上位層ではない人たちが多い。そのために読者層の多くが実際にスクールカーストの下層に所属し、そこから駆け上がっていくことを現実世界では無理としても小説の世界内で共感し追体験を重ねているのである。

第九章

この素晴らしい幼なじみに祝福を！

――またはこれは言ってみりゃ「地元と幼なじみの話」――

ファンタジーをどう考えるのかは意外に難しい問題といえるかもしれない。中世ヨーロッパ風の街並みや自然環境、文明レベルを背景にし、剣と魔法が繰り広げる冒険物語というのは日本では定番ともいうべきイメージであろう。これは七〇年代以降のＴＲＰＧの海外からの流入、八〇年代以降のテレビゲームでのＲＰＧの流行、九〇年代以降のライトノベルの潮流と様々な要因が重なったうえで成立した偏ったものではある。『ドラゴンクエスト』（一九八六年〜）がファンタジーであるのと同様に、荻原規子の『勾玉《まがたま》』シリーズ（一九八八〜九六年）もアーシュラ・Ｋ・ルグィンの『ゲド戦記』シリーズ（一九六八〜二〇〇一年）、小野不由美の『十二国記』シリーズ（一九九一年〜）もファンタジーであり、さらに神話や民話まで含めて考えればきりがない。しかしルグィンの『闇の左手』（一九六九年）はファンタジーではなくＳＦである。とやっていると「これはファンタジー。これはミステリー。これはファンタジー。これもファンタジー」とヒヨコ鑑定士のようにファンタジーかどうかを判別していくことに意味があるのかという疑問も頭のなかに浮かんでくる。

この難しさは、過去、様々な研究者・評論家が多くの点で概念の分類化を行っていることからも伝わってくる。いや、行おうとしているとしたほうがよいのかもしれない。単純な字義的なとらえかたであれば、「空想的なもの」や「幻想的なもの」という言葉で収まってしまうわけだが、それでは多くのものを内包してしまい逆に意味をなしてはいない。例えば海野弘は「現実と幻想、世界と私」という二つの対立軸を立てることでファンタジーをとらえようとした（海野弘『ファンタジー文学案内』ポプラ社、二〇〇八年）。これは「現実」に即しながら「私」を描くと私小説とみなし、「現実」のなかで「世界」を描くのは社会小説、「幻想」のなかで「世界」を描くのがハイ・ファンタジー、「幻想」のなかで「私」を描くとロー・ファンタジーだとしている。ただし、この手法は議論の取っ掛かりとしては最適だが、境界を見極めようとすればするほど、ぼやけてくる。「世界」も描き、「私」も描き、挙句には「現実」も「幻想」も取り込んでいる作品はどうしたらよいのか。高橋準は「先行する作品群、コアをなす作品、ファンタジーの特徴として認められた道具立て、流通、社会的要因」の五つのポイントを踏まえたうえでジャンルとしてファンタジーをとらえようとしている（高橋準『ファンタジーとジェンダー』青弓社、二〇〇四年）。これはかなり建設的であり、曖昧な概念定義ではなく、現在地においてジャンルとして周知されているファンタジーを、作品群を軸にとらえていることになる。ちなみにロー・ファンタジーは「現実世界のなかに異質な原理が貫入してくる過程を描くもの」とし、ハイ・ファンタジーは「現実世界とは異なる別の世界を主な舞台として展開される」ものとしている。私の認識する定義もこちらである。どちらにせよ、高橋も述べているが、オタク文化的には実はファンタジーの定義やその内部の分類はあまり意味をもたない。

つまりは作品が描いている舞台・場所やテーマ性に対する距離感の問題であって、幻想空間を描いているからファンタジー、描いていないからファンタジーではないと一概には言えないのではないか。読者論もしくは受容論的な話になるが、ある文化を背景とした読者がいた場合、まったくの別文化で描かれた作品は心理的距離としては非常に遠く感じ取るのではないだろうかという話である。例えば日本中世史の代表的な史料の一つである『吾妻鑑《あずまかがみ》』は歴史を編年的に書いた編纂書であるため、同時代的な史料をもとに書いている部分と後の研究により偽文書を土台にして書かれている部分が混在している。しかし、そのような前提をすべてすっ飛ばして読もうとすると、まず書かれている文字が読めない点、そして翻刻文を読めたとしても書かれている内容を理解することが難しい点というように現在地の読者にとって心理的距離感は大きくなってしまう。要は誰かにとって現実の話であっても、誰かにとっては現実感のない話になってしまうのである。

そう考えた場合、オタク文化を完全に背景化し、血肉としている読者にとって、自分らが経験したことのない世界観を提示された場合、それはリアルなフィクションではなく、ファンタジーと同列化することが起こる。もちろんファンタジーとは違う象限であり、ベクトルの向きが違っても、ベクトルの値は同じなのではないかということを意味している。この点において、オタクにとってリア充とされる存在や事象はかなり遠い存在として扱われることになる。リア充とは「リアルが充実している」という意味をもち、二〇〇〇年代半ばよりネット上での活動との対義的な意味で使われていた。しかしながら趣味や日常生活、特に友人関係や恋人関係が充実している意味が強調されていき、対義としてのネット上の活動は顧みられることはなくなっていく。しかしリア充に対し何かの対抗意識をする主体は確実に存在する。旧来はネットで活発に行動する人々がその主体であったが、現在ではそのほとんどがいわゆるオタクと呼ばれる人々に置換されているのではないか。リア充に対する妬みは、研究上でも指摘されており、恋愛がすべてを優先するという恋愛至上主義が虚構化されてしまい、恋愛にこれまで付随していた情熱が欠如してしまった。それにより恋愛は情熱ではなく関係性が重要視された結果、関係性を維持することの困難さが浮上し、結果として草食男子と呼ばれるような恋愛に対する態度が普遍化し、リア充への妬みにつながっている（木村絵里子「「情熱」から「関係性」を重視する恋愛へ」藤村正之・浅野智彦・羽渕一代編『現代若者の幸福―不安感社会を生きる』恒星社厚生閣、二〇一六年）。

この関係性を重視するという姿勢は何も突然始まったわけではない。既述の中学高校のときに形成されたスクールカーストは、まさに「人気」という関係性により構築された評価軸で出来上がっているものであった。そしてカースト下位もしくは埒外に位置するのはオタクのような関係性により人気を構築できない（もしくはそこに価値を見出さない）人々ということになる。そして、こちらもすでに述べたように大学進学や就職などにより、それまで培ってきた地縁的関係性がある程度は分断されてしまう傾向にある。関係性によりスクールカースト上位に位置していた人たちと離れ、新たな生活を行っている人々はこれまでできなかった関係性の構築とその維持がいきなり可能になるわけはなく、これまでと同様の生活リズムと人間関係を築くようになってしまう。つまりは草食化ということだ。


須賀さんは地方のダレた空気や、ヤンキーとファンシーが幅を利かす郊外文化を忌み嫌っていて、「俺の魂はいまも高円寺を彷徨っている」という。（中略）東京から地元に戻ってもう十年近い須賀さんは、刻々と廃れゆく町の景色に絶望しきっている。彼は青山のギャラリーで仲間とグループ展をやったり、友だちとインディーズでCDを出した、古き良き九〇年代をしみじみと語る。そして私に、地方都市に戻って来た文化系くずれの、肩身の狭さを切々と訴えた。

「俺がこの数年でどんだけEXILEのバラードをカラオケで聴かされたか、お前わかるか？」

（山内マリコ「私たちがすごかった栄光の話」『ここは退屈迎えに来て』幻冬舎文庫、二〇一四年、一〇・一一ページ）

大学進学とともに中学高校まで築き上げてきた地縁的関係性から脱却できたはずの人物が生まれ育った地元に戻って生活している状況が、この短編では描かれている。この須賀という男性が東京で経験してきた多様性を受け入れる文化に対して、EXILEという固有名詞に代表され、「ヤンキー」と「ファンシー」と書かれているように一面的な文化圏が地方では築き上げられている。この地方における文化的傾向はフィクション的な処理をされてはいるが、実際に「マイルドヤンキー」として語られることが多い。そもそもヤンキーであることは「自己存在の強烈な主張、権威や常識・既成概念に対する反骨精神、融通無碍で自由な編集性といった性質」とされている（鞆の津ミュージアム監修・斎藤環ほか著『ヤンキー人類学』フィルムアート社、二〇一四年）。この概念のもと派手で悪趣味であり、時に暴力的であったのがヤンキーと呼ばれる者たちであった。しかし、次第にこのヤンキー的な価値観が普遍化され、そして希薄化されて日本のいたるところに断片化して存在しているのではないかという意見が存在している（斎藤環『世界が土曜の夜の夢なら―ヤンキーと精神分析』角川書店、二〇一二年）。この延長線上にあるのがマイルドヤンキーという概念である。

自分の出身地から外に出ることなく、人間関係に執着し、車を愛し、ショッピングモールに通うという人々である（原田曜

『ここは退屈迎えに来て』　山内マリコ　幻冬舎文庫　2014 年

平『ヤンキー経済―消費の主役・新保守層の正体』幻冬舎新書、二〇一四年）。

もちろん、この地元から出ない若者たちも時代とともに変化している。旧来の村社会的な地域社会との関係性は希薄であるのに対し、家族関係と友人関係を重要視する傾向にあるという（阿部真大『地方にこもる若者たち』朝日新書、二〇一三年）。ファスト風土論と関連することになるが、週末になると車でショッピングモールに通うという行動は、旧来の地縁的関係性から大きく逸脱した行動である。つまり地元とされる地域で活動している会社などとは別の資本を背景にしたショッピングモールに通うということは、地元の商店街での経済活動とは切り離されていることになる。しかし、週末の家族サービスや学校帰りに寄り道をする目的地としてショッピングモールが選ばれている限り、家族関係や友人関係が蔑ろにはされていないことになる。

九時過ぎにゆうこがゲーセンに来てクイズゲームで遊び、閉店後、集計する椎名を待って一緒に出て、近くの店で軽く食べる。そういう流れがだんだん習慣になり、まるで友だちみたいなつきあいになってからも、椎名がゆうこを格下のマヌケ扱いしていることは、言葉や態度の端々から漏れ伝わってきた。時空の歪みでたまたまつるんでいるけれど、本来なら属する階級がまるで違う。

（山内マリコ「地方都市のタラ・リピンスキー」前掲『ここは退屈迎えに来て』九九ページ）

この短編は進学や就職で地元から抜け出ることのなかった主人公と、主人公が通うゲームセンターに店長として勤める中学校の同級生との久しぶりの再会と交流の物語である。そして、この作品で描かれる二人の関係性を端的に描写しているのが引用部分になる。この二人は出身地を出ることはないものの進学や就職により新たな人間関係を築いているにもかかわらず、中学校の教室内で形成されていたスクールカーストをそのまま大人になっても継承していることになる。旧来の村社会的な地域社会との連携は途切れたのかもしれないが、居住地区により割り振られている義務教育を経ている以上は、そのなかで形成された序列が大人になっても引き続き人々にのしかかっているのである。これは新たな地域社会との関係性ととらえることが可能かもしれない。そして逆に考えると、どれだけ地方がファスト風土化しても進学や就職により都市部に移住する人が大幅に減ることがないのは、情報や経済の集積地であるという社会的・経済的な理由はもちろん存在するが、その根底には相も変わらずに存在し続ける地域社会でのしがらみがスクールカーストの延長線上のものとして重荷になって存在しているからではないだろうか。

このような教室内での関係性を肯定的に描いていく作品群が存在する。ケータイ小説と呼ばれるもので、二〇〇〇年代前半にYoshiによる『Deep Love』が大ヒットしたのが最初のブームであり、それ以降の「魔法の i らんど」(TOSが一九八九年にリリースした携帯電話向け無料ホームページ作成サイト)

に投稿されたアマチュアによる作品が次々と書籍化されていく動きが第二次ブームとされている（本田透『なぜケータイ小説は売れるのか』ソフトバンク新書、二〇〇八年）。そしてケータイ小説で描かれる舞台がファスト風土と呼ばれる文化的に画一化された場所であり、さらには東京を筆頭とした都会が出てくることは修学旅行を除いてほぼないという（速水健朗『ケータイ小説的。』原書房、二〇〇八年）。

この点はほかのエンターテイメントの小説とも純文学とされるものとも大きく違っている箇所である。例えば、これまで取り上げてきたライトノベルやエンターテイメント小説では教室内におけるスクールカーストを描く場合、そのカーストでの最下層かそれに近い位置にいる登場人物たちがクローズアップされてきた。しかしケータイ小説は違う。acomaruの『幼なじみと付き合った場合。』は、幼なじみの高校生男女それぞれの視点が交互に描かれていく作品だが、最初に描かれる女性視点では化粧のシーンから始まる。校則違反である行為からスタートし、ファッションに気をつかう彼女に対し、男性側も同じくネックレスをして制服を着崩し、髪の毛を染めているなど校則違反のオンパレードである。そしてそれぞれが多くの異性から恋愛感情を抱かれる点が描かれていく。容姿端麗でファッションに気をつかい、クラスの人気者なわけである。要はスクールカースト上位の人間が描かれ、彼ら内部での人間関係のみで物語は進んでいく。そこにオタクの介入する余地などまったくない。彼らの眼中にない人々は作品内では言及もされないのである。まさしく階層間での交流がないというスクールカーストそのものではないか。

この作品では主人公それぞれに声をかける異性がいるにもかかわらず、心の奥底ではお互い幼なじみが好きであるが、その肝心の恋だけはうまくいかない様相が描かれていく。こんなファンタジーな世界があったのかと中学・高校とスクールカースト下位で過ごした人は思うであろう。どこかにあるのだ。たぶん。私は知らないが。さておき、この作品で描かれる幼なじみ像は実は極めて平凡である。既述のギャルゲーでも述べたように幼なじみは関係性でしかない。家が近く、幼少期からの知り合いであるというただそれだけである。しかし、関係性が重要視されるスクールカーストでは、意味をもつことになる。幼なじみであることと同じ階層内でのコミュニケーションを同列に置く必要があるのだ。幼なじみは関係性だと述べてきたが、極めてプライベートな関係性である。この作品では男女間でありながら互いの部屋を行き来するなど密接な関係性が描かれていく。しかし学校空間はプライベートとは違う。そこには机や椅子、黒板など公共的な設備が配置され、教師がおり、同級生たちがいる非日常的空間である。公共的空間と置き換えてもよい。そのなかで教室内のスクールカーストが形成され、コミュニケーションが取られていく。

「なぁ、彩花。ちょっと顔貸して」
こっ……この声は!!

『幼なじみと付き合った場合。』上下巻 acomaru スターツ出版 2014年

（１行オーバー）


勢いよく振り返ると、真うしろに伊織がいて、あたしのイスにもたれて立っていた。

「あ……彩花って、呼び捨て!? キャー、どういう関係なのっ？」

友達がすごく動揺している。

そしてあたしも激しく動揺。

「こっ……これは……ちがうの。あたしとコイツは……」

（acomaru『幼なじみと付き合った場合。』上巻、スターツ出版、二〇一四年、二六ページ）


そして、そのプライベートの関係性と非日常での関係性は必ずしも同一ではない。教室内では当たり前だが非日常的な関係性であるが、引用部分のようにプライベートな関係性がそこをはみ出して顔をみせると異質であるがゆえに周囲への違和感を生み出していく。スクールカーストでの地位を維持していくためには人気が必要であるが、その人気は教室内関係性により評価されている。そしてその関係性が、主人公たち幼なじみ同士のプライベートな関係性により物語を動かしていくことになる。つまりギャルゲーにおいて幼なじみは単なる関係性であり、それ以上の価値を見出すことは難しかったが、同じ階層内での関係性を重要視するスクールカースト上位では幼なじみであるという関係性そのものが教室内の関係性を壊しかねない大きな要素として浮上してくるのである。

第十章

スクールが虹でいっぱい　その一

――またはこれは言ってみりゃ「教室内の共同体とライトノベルの話」――

私は戦争を実体験として知っているわけではない。「もはや戦後ではない」（経済白書、一九五六年）は遠く、ジローズのヒット曲「戦争を知らない子供たち」がリリースされたのは一九七〇年である。当然、アジア太平洋戦争（一九四一～四五年）を経験しているわけではなく、ベトナム戦争（一九五五～七五年）が背景にある若者文化を身体化しているわけでもない。そもそも生まれていない。もちろん湾岸戦争（一九九〇～九一年）や9・11（二〇〇一年）の様子をテレビで見ていたのだが、テレビというメディアを通じて経験することを「知っている」と単純化してしまってよいのであろうか。

大塚英志が「世界貿易センタービルが崩れ落ちる光景をハリウッド映画のように感じた」（大塚英志『サブカルチャー反戦論』角川文庫、二〇〇三年）と書いたように、メディアが発達した時代において直接的経験をすることなく、情報だけを得ていくことが可能になり、さらには情報の並列化により受け手側が同じメディアから発せられた情報を同質化して処理していくことは起こりうるかもしれない。ただし、経験をしていないことを害悪としたいわけではない。体験していないことなど、この世にはたくさんあり、一人でできることなど限られている。

情報をただ飲み込んでいくだけなら、身体のなかをただ通過していくだけであれば、誰だってできる。しかし、我々はテレビというマスメディアだけではなくウェブを中心としたSNSに象徴されるように多方面・多様化したフィルターを通過し断片化した情報を無理やり咀嚼させられている。それでも自力でキュレーターのように情報の取捨選択を行っていくのであればよいが、すべての情報内容に関して行っていくことは難しい。そして情報の内部に目を通すと現実に起きたことだけではなく、架空の物語も多数存在し、多くの人々が受容している。その点においてコンテンツによる影響力は非常に大きいといえる。

日本の漫画作品には戦争を直接的に描いた作品は少ないが、一九六〇年代には数多くの作品が戦争を描いていたとされている（伊藤公雄「戦後少年マンガのなかの「敵」イメージをめぐって」伊藤公雄編『マンガのなかの「他者」』臨川書店、二〇〇八年）。もちろんアジア太平洋戦争を直接的に描いた作品は確かにほとんど存在しない。しかし、いくつかの作品に触れた人であれば、すぐに察しがつくであろう。現実世界に起きた歴史上の戦争を直接的に描いた作品は少ないかもしれない。それでもファンタジーやSFというジャンルのなかで架空の戦争を描いた作品は数多く存在している。漫画というメディアを取り払えば、アニメやゲーム、ライトノベルとエンタメコンテンツにおいて多くの戦争が描かれている。戦うことに何かしらの意義をもたせていくことは多くの作品が行っている。わかりやすい例を出すと、宮崎駿監督による『風の谷のナウシカ』（全七巻、徳間書店、一九八三～九五年）はその典型であろう。人間同士の戦いだけではなく、人間と自然環境との戦いと和解を描いていく作品でもある。辺境諸国のなかに風の谷が存在し、風の谷と約定を交わしているトルメキア、巨神兵が発掘されたことでトルメキアに攻撃され滅ぼされたペジテ、トルメキアに対抗する勢力を誇るドルクと挙げていくときりがないが、国家間同士の戦争・小競り合いは色濃く作品世界に影響を与えている。尾田栄一郎の大ヒット作品である『ONE PIECE』はいくつかの物語がつなぎ合わされた作品である。海賊を主人公にしているため、海賊船が移動し、たどり着いた島で経験する物語が描かれていくことになる。そのうちアラバスタ編と呼ばれている物語では、国家の内紛が描かれていく。アラバスタ王国を乗っ取ろうと画策しているバロック・ワークスが国民たちを煽り立て、国王への反乱軍を加速させている。それに対し、主人公らは王女であるビビとともに王国に乗り込み、少数ながらバロック・ワークスのメンバーとの戦闘を行い、解決へと模索する。

　ナウシカでは飛行戦艦が登場するなど、ある程度近代的な武器・戦術が行われているものからONE PIECEのように最終的には個々人の戦闘に収斂《しゅうれん》させ物語を動かす作品にいたるまで、掲載されている雑誌の特性や読者層の差異、

『ONE PIECE』　尾田栄一郎　集英社　1997年～
©尾田栄一郎／集英社

作者の文化的背景の違いにより変化はあるが、それでも人と人との戦争は描かれている。作品が人間を描いていく以上は対立軸や争いが描かれていくのは当然のことかもしれない。特にONE PIECEに関しては掲載誌が『週刊少年ジャンプ』である以上、多数対多数の戦争を描いていく作品はほとんどなく、個人対個人を描く傾向にある。主人公を描くことで読者である少年たちは主人公に自らを重ね、主人公の変化（多くは成長）とともに湧き上がってくる物語の展開を楽しんでいる。それはONE PIECEにおいても同じで、物語が決着するためには主人公とその対立相手との戦闘の結果が大きく影響を与えている。そして主人公だけではなく、海賊団のメンバーもそれぞれが活動し、一対一の戦闘を行い、物語の流れを有機的に主人公による最終決戦に結実させていく。そして個人対個人の戦いは舞台を変えても描かれていくことになる。

少年漫画やライトノベルが十代の人々を主としてターゲットにしている以上、描かれる舞台もまた読者層に合わせて設定される傾向にある。読者が主人公に没入し、物語を味わっていくことがスムーズに行われるようにという意図ではあるが、そのために読者がよく知っており身近な存在である学校が舞台として選ばれるケースは非常に多い。それ以前に主人公のキャラクター造形が十代の読者と同年代になるケースが多い。読者が主人公に感情移入するというのは自分自身の思考形態と近い、もしくは理想となるものに近いという点が挙げられる。十代の少年が五十代のオッサンに自分自身を重ね合わせるのは非常に難しい。日々の会社の愚痴を酒を飲みながら吐き出していたり、出勤時の満員電車内でずっと足を踏まれていたり、家では相手してくれるのが犬だけだとか、そのようなものが描かれていながら、中学生が主人公にのめり込んでいくことは、なかなかできないであろう。もちろん、なかには『週刊少年ジャンプ』愛好歴二十年以上で酒を飲み、おやじギャグを使う坂田銀時を主人公とした作品（空知英秋《そらちひであき》『銀魂《ぎんたま》』週刊少年ジャンプ、二〇〇四年〜）も存在しているが、キャラクター造形において行動原理や物語構成との連関（そもそもギャグ分が多い）により、年齢のギャップを吹き飛ばしている。

もう一つ十代に向けた作品におけるポイントは戦うことに焦点を当てた作品が多いということである。既述のように自らが没入していく相手として主人公を考えると、自らが所属する事象としてとらえるようになる。例えば『ONE PIECE』は一つ単行本が発売されるたびに数百万部が流通するほどの売れ行きを示す作品である以上、主人公のルフィに対して感情移入する人も同様に数多く存在するであろう。それは麦わら船団の一員であるゾロでもサンジでもチョッパーでも同様である。中学生が『ONE PIECE』の読後にルフィのように右腕が伸びる真似をしたところで同じような心境になっている人はクラスに数多くいる。右手に傘、左手にも傘、そしてもう一本、口に傘を加えて、ゾロの真似をしようとした人もいるであろう。いてもよいのだが、口でくわえると歯を傷めるような気がするのでやめたほうがよいと思う。さておき、感情移入していく個々人は当然ながら一人ひとり違っているのだが、感情移入していく対象は同じ存在である。そこに違和感を得ることなく物語を楽しんでいることは不思議ではないだろうか。

ベネディクト・アンダーソンが『定本想像の共同体―ナショナリズムの起源と流行』（書籍工房早山、二〇〇七年）で述べているようにナショナリズム成立以前の宗教共同体や国家では要約すると「聖典が特別な存在となり、空間把握が大きな特権になり、世界や人の起源という時間の把握」という文化的概念が存在したが、出版文化の登場により崩壊していった。その後、地域差や文化差を超えて、様々な事象が共有されていくことになるが、そのなかで国民であることを重要視していく国民国家的な価値観が優位性を保つことになる。つまり人間自身は所属した共同体に対する「物語」を求めている。この帰属性の高い「物語」に対して正当性を維持したいと考えるのは当然といえるかもしれない。そしてナショナリズムにより他者を攻撃し、時には戦争やテロへとつながっていくことになる。この問題は現在進行形のナショナリズムの問題にもつながる重要な点ではあるが、共同体自体を考えるにおいても重要である。つまり『ONE PIECE』を楽しむ人たちが重なり合っても違和感なくのめり込んでいくのは、一つの共同体の様相を呈しているのである。この共同体を維持しているのは、主人公の行動であり、物語の展開である。そして、そのために物語内容で戦いが描かれていくケースが非常に多くなる。

少年漫画に戦闘を描く作品が多いというのは、主人公と意見を異にする他者に対して、決別をする（もしくは取り込む）という作業が明確にできるという点を指摘することができる。創作側からすれば、主人公の欲求を明確にし、その欲求を実現に移す際にハードルとなるものを描いていくことになるが、格闘を取り上げる場合は主人公の目標に立ちはだかる存在として戦って勝つという明確な結末を選択することが多い。そして主人公とは違う存在である敵を倒すことにより、主人公の意見や思想は読者にとっては補強され、より共同体としての帰属性を高めていくことになる。

この十代が感情移入しやすい主人公像であり、その舞台として学校が選択され、共同体の維持のために戦闘が選択されるというすべてがライトノベルの題材として選択されている。読者の誰もが経験している教室内を直接的に描くことは、ヒエラルキー下位であった人にとっては自身の立場を振り返ることになり痛みを伴う読書体験になりかねない。しかし戦いを経て勝利していくことは、厳しい経験が昇華され承認されていくことになる。読者は主人公に感情移入し、自らを重ね合わせることにより、自己の経験の正当化へと変換しているのである。

渡《わたり》航《わたる》の大ヒット作品である『やはり俺の青春ラブコメはまちがっている。』（小学館、ガガガ文庫、二〇一一年）は教室内の人間集団にあぶれた人々を描いた作品である。一読するとスクールカーストを描いている作品のように読むことは可能である。例えば主人公の比企谷《ひきがや》八幡《はちまん》が、自分自身が所属することになる奉仕部の部長である雪ノ下雪乃と二人きりになった際に「高度に訓練された俺が今さらそんな罠に引っかかるわけがない。女子とはイケメン（笑）やリア充（笑）に興味を示すものであり、またそれらの連中と清くない男女交際をする輩である。つまり俺の敵だ」（同書第一巻、二五・二六ページ）と独白しているように彼の仮想敵はどちらも（笑）をつけている「イケメン」であり、「リア充」になる。これはどちらも日本のスクールカーストでは上位に位置することが可能な属性ということができる。そして、そのスクールカースト上位に位置する由比ヶ浜結衣が奉仕部を訪れた際には、

「……そうね。確かにあなたのような派手に見える女の子がやりそうなことではないわね」

「だ、だよねー。変だよねー」

たはは、と人の顔色を窺うようにして由比ヶ浜は笑う。伏し目がちな視線が不意に俺とぶつかった。そんな目で見られると何か答えを求められている気がしてくる。

「……いや別に変とかキャラじゃないとか似合わないとか柄でもないとかそういうことが言いたいんじゃなくてだな。純粋に興味がねぇんだ」

「もっとひどいよ！」

バンッと机を叩いて由比ヶ浜が憤慨する。

（同書九四ページ）

と書かれるように由比ヶ浜本人が気にしているのはキャラクターである。スクールカースト上位であり派手な女の子が、手作りクッキーを渡すようなことをするのはキャラではないということを気にしているのである。この点も既述のようにスクールカーストで一番重要視されているのが「人気」であり、そのためには他者との交流（特に同じ階層内）に依拠していく。そして、そのためには自分自身のキャラクターを作り出し、階層内で演じていく必要がある。それは比企谷自身が「きっと彼女はコミュニケーション能力も高いのだろう。クラスでも派手なグループに属するほどなのだから単純な容姿の他に協調性も必要とされる。ただ、それは裏を返せば人に迎合することがうまい、つまり、孤独というリスクを背負ってまで自己を貫く勇気に欠けるということでもある」（同書一〇六ページ）と述べている点が、由比ヶ浜の背負っている息苦しさを代弁している。

この作品が興味深いのは、ここまでスクールカーストの輪郭を示しながらも、「スクールカースト」という言葉を使うことなく、物語を進めているのである。主人公の比企谷が「オタクにはオタクのコミュニティがあり、あいつらはぼっちじゃない。リア充になるには上下関係やパワーバランスに気を使わなくちゃいけないので大変」（同書一五〇ページ）と考察しているように、彼自身はオタクの

『やはり俺の青春ラブコメはまちがっている。』渡航　小学館　ガガガ文庫　2011年～

集団に属することもなく、もちろんリア充でもない。さらにいえば教室内で形成されているスクールカーストの関係性からすら逸脱した存在になってしまっている。それは比企谷を奉仕部に無理やり入部させた平塚先生が「この部の目的は端的に言ってしまえば自己変革を促し、悩みを解決することだ。私は改革が必要だと判断した生徒をここへ導くことにしている」(同書三九ページ)と説明しているように、主人公がスクールカーストにより悲惨な目にあっているため、そこから立ち直るために奉仕部に連れてきたわけではない。スクールカーストの内部のリア充やオタクのような集団にも属することなく、個人で生きようとしている比企谷はある意味で孤独であり、それを自覚しながらも斜に構えてしまう。

「あなたのそれはただ逃げているだけ。変わらなければ前には進めないわ」

ばっさりと雪ノ下が斬って捨てた。こいつさっきからなんでこんなに刺々しいの？　ご両親、ウニかなんかなの？

「逃げて何が悪いんだよ。変われ変われってアホの一つ覚えみたいに言いやがって」

(同書四一ページ)

このように雪ノ下が正論で比企谷を批判したように彼自身がぼっちであることは一つの逃避で

しかない。そして逃避であることを理解しているがゆえに彼自身は高校に通い、誰とも話すことがなくとも教室内に居続け、放課後は部活に通うという社会生活を送っていることになる。人間が社会的存在であることは、どれだけ自室に引きこもろうとも何も食べることなく生きていくことはできないし、水道や電気を使用せずに生きていくことも難しい。文字情報や映像情報から完全に遮断された生活を送ろうとも一日二十四時間何もせずに生きていくことは、もはやできないのではないだろうか。TOKIOですら無人島では漂流した人工物や人が住んでいたときに使われていたものを再利用しているではないか。人間は完全に周囲との関係性をなくしたうえで生きていくことはできないのだ。その意味において、比企谷はぼっちであることを志向しながらも、一人では生きていけないことを潜在的には気づいている。自身がそのことを把握できていることが表面化しないように、ぼっちであることをいかに肯定していくのかに苦慮しているのは、平塚先生が「高二病」と名付けているように青春期の特性かもしれない。

この作品は比企谷だけではなく、雪ノ下も由比ヶ浜もスクールカーストの埒外に存在している。雪ノ下は美人で勉強もできるが、そうであるがゆえに友人がおらず、女性同士の関係性に嫌気がさし、奉仕部にこもり、一人で高校生活を送っている。由比ヶ浜はスクールカーストの上位に位置していたわけだが、その階層で求められているキャラクターを演じるあまり自分自身の意思表示をすることを苦手としていた。彼女自身の「……あの、ごめんね。あたしさ、人に合わせないと不安ってゆーか……つい空気読んじゃうっていうか…、それでイライラさせちゃうこと、あった、かも」(中略)「けどさ、ヒッキーとかゆきのん見てて思ったんだ。周りに誰もいないのに、楽しそうで、本音言い合ってお互い合わせてないのに、なんか合ってて……」(中略)「それ見てたら、今まで必死になって人に合わせようとしてたの、間違ってるみたいで……」(同書一四七ページ)という言葉からわかるように、奉仕部のメンバーと接することで彼らが自分の考えや意見を躊躇することなく発する姿勢に感銘を受け、結果として奉仕部に入部することになる。奉仕部の面々が自分の意見をもち、それを他者に伝えているのは、端的にスクールカースト内部もしくは階層間のコミュニケーションから逸脱しているからになる。比企谷が「内輪ノリとか内輪ウケとか嫌いに決まってんだろ。あ、内輪もめは好きだ。なぜなら俺は内輪にいないからなっ!」(二〇二ページ)と言うようにコミュニケーションに意義を見出していない場合は、他者を気遣う必要性がない。しかし、そうは言うものの、主人公の比企谷はスクールカーストの外部にいるにもかかわらず内部で行われているコミュニケーションを認識してしまう。


俺は机をがたっと鳴らして颯爽と立ち上がった。

「おい、その辺で——」

「るっさい」

――やめとけよ。と言いかけた瞬間、三浦がシャーっと蛇のような目でこっちを睨んだ。

「……そ、その辺で飲み物でも買ってこようかなぁ。で、でも、やめておこうかなぁ」

（同書一四一ページ）

論理的には彼は階層内部に存在しないため、その内部に通用している力関係とは無縁の存在である。しかし、その内部の関係性に影響を受けて、言動を途中で止めてしまうことは多々行われている。ちなみに雪ノ下はまったく遠慮していないので、彼女はかなり理論的に動いていることがわかるが、その分、人間性に欠けるという説明も可能になってしまう。比企谷は雪ノ下に比して社会性を認識した存在であるというのは、先述のように人間が社会的な存在であることから究極的には逃れられないことを心の奥底では認識していることにもつながる。

このように、この作品はスクールカースト内部や階層間の人間模様を描いているわけではない。またこれまで挙げてきた作品のように階層を駆け上がっていくような闘争を描いた作品でもない。しかし、ライトノベルという作品群の特性上、また先述のように共同体の特性を描くためには戦いは描かれやすい傾向にある。

「面白いことになってきたな。私はこういう展開が大好きなんだ。ジャンプっぽくていいじゃないか」

先生はなぜか一人だけテンションが上がっていた。女性なのに目が少年の目になっている。

「古来よりお互いの正義がぶつかったときは勝負で雌雄を決するのが少年マンガの習わしだ」

（同書四二ページ）

顧問である平塚先生により雪ノ下と比企谷の二人が、奉仕部の活動として救った数を競い合うことが求められることになる。この際、一つの指標として掲げられているのが「ジャンプ」であり「少年マンガ」になるが、終盤で平塚先生が「あの勝負の中間発表をしてやろうと思ってな」と言ってきた際、比企谷は「すっかり忘れていた。というか、何一つ、どれ一つとして解決した覚えがないので忘れていて当然だろう」（同書三〇六ページ）と独白しているように彼らのなかでは互いに競い合うこと自体をまったく重要視していない。作品内での描かれ方をみるとコミュニケーションに意義を見出していない、もしくは意義を見出していないポーズを取る主人公たちであるために、戦いというコミュニケーションの極致にある行動を選び取ることには簡単にはつながらない。その意味において比企谷が忘れていたのは、行動原理としては理にかなっている。しかし、ここで大きな問題が生じてしまう。ライトノベルとしてコミュニケーションの外部に位置するということは完全傍観者になってしまうわけである。これでは物語に主人公が関わっていくことが非常に難しくなってしまう。そのために物語創作の観点から考えると奉仕部に依頼をしてくる人々との関わり合いのなかで無理やり戦闘シーンが導入されていくことになる。


後に残されたのは俺たちだけだった。

「試合に勝って勝負に負けた、というところかしらね」

雪ノ下がつまらなそうに言うのを聞いて、俺は思わず笑ってしまう。

「馬鹿言え。俺とあいつらじゃ、端っから勝負になってねぇんだよ」

青春を謳歌する者はいつだって主役だ。

「ま、そだよね。ヒッキーじゃなきゃああはならないもん。勝ったのに空気扱いっていうか、ガチで可哀想になる」


（同書二九二ページ）

奉仕部にテニスがうまくなり、部員全員のやる気をあげていきたいという依頼をもってきた戸《と》塚彩加《つかさいか》により物語が動き、スクールカースト上位の者たちとテニス対決を行うことになってしまう。そして試合自体には比企谷たちは勝利するのだが、対戦相手は彼ら自身の自己満足で終えてしまう。つまり階層内部でのコミュニケーションが行われたことで彼ら自身は満足して去っていき、そこに介入することのない主人公たちは意味を見出すこともできずたたずんでいるのである。

これによりライトノベル作品として物語の起伏を生み出すことに成功しつつ、キャラクター造形のブレも生じていないという作品の完成度を一気に高めることになっている。

第十一章

スクールが虹でいっぱい　その二

――またはこれは言ってみりゃ「教室内の呪縛と物語の話」――

「ただの人間には興味ありません。この中に宇宙人、未来人、異世界人、超能力者がいたら、あたしのところに来なさい。以上」（谷川流『涼宮ハルヒの憂鬱』角川スニーカー文庫、二〇〇三年、一一ページ）という言葉のインパクトもさることながら物語構成の見事さで個人的にも惹きつけられてしまった作品が、涼宮ハルヒシリーズである。アニメ化、ゲーム化、漫画化などのメディアミックスが行われるなど多くの展開をみせたが、そのなかでもアニメのエンディングテーマで使用された楽曲「ハレ晴レユカイ」では涼宮ハルヒらメインキャラクターが躍るハルヒダンスがアニメで放送され、多くの人々が同じ踊りを見せる動画がウェブにあふれかえる状況になった。同じウェブ発としてはハルヒシリーズの登場人物たちをすべて性転換したキョン子も（主として自分内では）二次創作として大ヒットしたものである。もはや一次創作にどっぷりと浸かった身としては、そこから反転して語り手のキョンが女の子になってしまったことに大いなるショックを受けて、ただひたすらウェブ空間をさまよいながらイラストを探し求めてしまった。良い思い出である。

涼宮ハルヒシリーズの語り手はキョンという男子高校生になる。もちろんキョン子ではない。創造神でありながら、そのことを自覚していない涼宮ハルヒ、宇宙人である長門有希《ながとゆき》、未来人の朝比奈みくる、超能力者である古泉一樹《こいずみいつき》によりSF的な世界観が広がりつつも、語り手であるキョンの視線から謎の認識と追究、解決が行われていくことになる。これによりSF的な世界観がミステリーとして語られていくことになり、物語の重厚な構成が展開していく（横濱雄二「ミステリとライトノベル―谷川流『涼宮ハルヒの憂鬱』シリーズにおける物語世界の構成」押野武志編『日本サブカルチャーを読む―銀河鉄道の夜からAKB48まで』北海道大学出版会、二〇一五年）。もちろんキョンの語りによりSF的な要素を抽出していくことも可能であるため（海老原豊「涼宮ハルヒの韜晦《とうかい》　SFが可能にした語り・SFを可能にする語り」『ユリイカ二〇一一年七月臨時増刊号　総特集　涼宮ハルヒのユリイカ！』青土社、二〇一一年）、多面的な読みに耐えうる作品であることがわかる。

キョンは幼いころは空想的な世界が現実に存在し、自分もそのなかに入っていけると信じていたわけだが、「世界の物理法則がよく出来ていることに感心しつつ自嘲しつつ、いつしか俺はテレビのUFO特番や心霊特集をそう熱心に観なくなっていた。いるワケねー……でもちょっとはいて欲しい、みたいな最大公約数的なことを考えるくらいにまで俺も成長したのさ」（前掲谷川二〇〇三、七ページ）

『涼宮ハルヒの憂鬱』　谷川流　角川スニーカー文庫　2003年
株式会社KADOKAWA

と本人が語っているように次第に現実に向き合うようになった。その彼は入学したての高校で自発的に目立とうとしたわけではない。「だんだんと俺の番が近づいてきた。緊張の一瞬である。解るだろ？　頭でひねっていた最低限のセリフを何とか噛まずに言い終え、やるべきことをやったという解放感に包まれながら俺は着席した」（同書一一ページ）とあるように事なかれ主義的にその場を切り抜けていければよいというスタンスを貫いている。このスタンスは基本的に崩れることはない。『涼宮ハルヒの憂鬱』以降、このシリーズは二〇一一年六月時点で全十一冊に及ぶ作品群が発売されているが、キョンが物語内で選択をする際に志向する理由は現状維持のためというものになる。他者からの攻撃や強力な干渉により彼ら自身の高校生活がそれまで通り過ごせなくなったときにだけ、キョンは元に戻すために尽力し、選択をする。それ以外に関しては基本的に何も起こらなければそのほうがいいという感じを読者は受け取ってしまうほどである。

語り手であり傍観者であるだけならば、このスタンスでいることは非常に重要であろう。しかし、キョンは物語の語り手であるというメタ的な存在だけではなく、一人称小説の主人公でもある。完全傍観者であり続けることは、物語としては破たんしてしまうのである。そのために多くのギミックが用意されている。その一番大きな存在が涼宮ハルヒである。

いつも不機嫌そうに眉間にしわを寄せ唇をへの字にしている涼宮ハルヒに何やかやと話し

かけるクラスメイトも中にはいた。

だいたいそれはおせっかいな女子であり、新学期早々クラスから孤立しつつある女子生徒を気遣って調和の輪の中に入れようとする、本人にとっては好意から出た行動なのだろうが、いかんせん相手が相手だった。

「ねえ、昨日のドラマ見た？　九時からのやつ」

「見てない」

「えー？　なんでー？」

「知らない」

「いっぺん見てみなよ、あーでも途中からじゃ解んないか。そうそう、だったら教えてあげようか、今までのあらすじ」

「うるさい」

（同書一五・一六ページ）

ここで描かれているようにハルヒは基本的に教室内で他者と交わることはない。彼女は「まだ四月だ。この時期、涼宮ハルヒはまだ大人しい頃合いで、つまり俺にとっても心休まる月だった。ハルヒが暴走を開始するにはまだ一ヶ月弱ほどある」（同書二三ページ）とキョンが書いているようにこの段階ですらまだ本性を発揮していない。基本的に休み時間に教室にいることはなく、放課後は部活動の仮入部を片っ端からして忙しい時期だったのである。その後、キョンを巻き込みながらSOS団を結成するころから物語の展開速度が上がっていくことになるが、基本的に傍若無人・唯我独尊という言葉があてはまるような性格をしていることは描かれている行動から把握できる。彼女の行動によりキョンは否応もなく物語の駆動に巻き込まれていくことになる。「キョンよぉ……いよいよもって、お前は涼宮と愉快な仲間たちの一員になっちまったんだな……」(同書九三ページ)と休み時間にクラスメイトからかけられた言葉がすべてをあらわしているようにキョンはすでに完全なる傍観者として物語の構造の外から眺める存在ではなくなってしまったのである。

このキョンの事なかれ主義的なスタンスと彼の意志をすべてぶち壊していくハルヒの行動は二〇〇〇年代のライトノベルにおいて極めて特徴的な要素といえる。ハルヒのような俺様主義のヒロインと彼女に振り回される少年という構図は、韜晦を含んだ語りを行いつつ他者とのコミュニケーションを行っていくという一見すると矛盾するスタンスを取りながら、俺様主義のヒロインの破壊力により物語が進んでいくことになる(中西新太郎『シャカイ系の想像力(若者の気分)』岩波書店、二〇一一年)。物語初動の段階ではキョンたちは教室内におり、そこを中心に活動していた。しかしハルヒを中心としたSOS団が結成され、文芸部の部室の乗っ取りが成功して以降、描かれる彼らの行動は部室を中心としたものへと変化していく。つまり教室内の権力関係と階層問題からは完全に離脱したのである。その意味において入学当初は教室内の他者を気にしながら自己紹介を済ませていたキョンもハルヒという破壊力あるキャラクター性に取り込まれることにより、教室という呪縛から大きく逸脱していったのである。「俺は羽交い絞めにしてでもハルヒを制止してSOS団を解散させるべきだったのだ。それからハルヒをこんこんと説得し、まともな高校生活を送らせるべきだったのだ。宇宙人や未来人や超能力者なんざ、まるっと無視して適当な男を見つけて恋愛に精を出したり運動部で身体を動かしたり、そういうふうな凡庸たる一生徒として三年間を過ごさせるべきだったのだ」（同書九九ページ）という言葉に集約されているように、教室的世界からの離脱はキョン自身の意思とは乖離している。主人公の意思や高校生であれば誰もが当然、帰属性を抱くであろう認識など多くの常識的な価値観（キョンの言葉を借りれば最大公約数的なこと）を躊躇することなくぶち壊すことができるのはハルヒという強烈なキャラクター性であり、それゆえに多くの読者を惹きつける要因の一つになっている。多くの読者はキョンのように変化を望みながらも変化することを恐れ、諦める日常を送る。そのために変化を躊躇することなく行い、読者の多くが現実世界ではブレーキをかけるところでアクセルを踏んでいくキャラクターに憧憬を抱いていくのである。

しかしそう簡単にハルヒは現実世界には存在しない。現実世界どころかフィクションでもハルヒの存在は特異である。「「そりゃそうだ、と思うと同時に、うっかりすべての学校のすべての教室にハルヒがいる光景を想像してしまい、その恐るべき妄想を頭から追い払うのに三日ほどかかった」（キョン談）」（新井輝『俺の教室にハルヒはいない』角川スニーカー文庫、二〇一三年の帯コメントより）と涼宮ハルヒシリーズの作者である谷川流がキョンの言葉を代弁したコメントで表現しているように、ハルヒの存在は単純に強烈であるというだけではなく物語を稼働させるために人間性を超えていくほどのキャラクター性を有していることがわかる。逆にいえばこれほどの破壊力のある存在はキョンのように一歩引いたところで全体を見渡し、崩れかけた調和をいかにして回復するのかに注力する存在が必要になってくる。そうでなければ単にぶっ飛んで暴走するだけの人である。このハルヒのいない物語が描かれているのが、新井輝の『俺の教室にハルヒはいない』である。

「『涼宮ハルヒ』が登校してきたら俺の人生は変わるかもしれない」

白河はそんな妄想を始めたらしい。

「それこそマンガかアニメの話だろ」

ボーイ・ミーツ・ガール。少年が一人の少女に出会い、人生ががらりと変わってしまう。そんな物語は世の中に溢れているが、それはあくまで現実がそうではないからだ。

そうだったらいいなと思う人はたくさんいても、そうだった人なんていない。

（同書二〇一ページ）

主人公は教室の窓際の後ろから二番目の席に座っており、一番後ろはまったく登校していないために空席のままである。涼宮ハルヒシリーズではこの教室の窓際一番後ろの席が涼宮ハルヒの席であり、その一つ前がキョンの席になる。ここで書かれているように、ハルヒの物語はキョン自身が何度も作中で否定しているような夢物語のフィクションである。否定に否定を重ねつつもキョンは巻き込まれて、その夢物語を体験させられているのだが、実際に希求するのは穏やかな現実になる。その構図を「ハルヒはいない」でも取り入れている。恋愛関係ではないし、興味がないと言葉を連ねている主人公だが、結果的に周囲の女性たちに興味をもたれ、恋愛感情を抱かれていく。そしてハルヒの場合は彼女自身の存在により教室内の人間関係から主人公が離脱していたのだが、この作品の場合は主人公が他人への興味関心が薄いという点で無自覚的に離脱をしてしまっている。ただし教室内の階層構造がまったくないわけではなく、主人公の友人による「大事なのは学校とか、学校の外でもそうだけど、派閥争いに巻き込まれるのが嫌ってことなの」「そして派閥の中では序列争いがあって、まあ、仲良し集団に見えるけど、けっこうギスギスしてるわけ」「なので私はそのどれにも属したくないから、いつもジャージでいるわけ」（同書一六六・一六七ページ）という一連のセリフにより、主人公に見えていないだけで存在はしていることになる。

このように現実世界から離れていく物語を駆動させるには教室という舞台は逆に足かせになってしまうのかもしれない。これはライトノベルがターゲット層にしている十代の男女にとっては感情移入しやすい同世代の主人公を描くにあたり、現在地の日本を舞台にするには教室は身近な存在として必要になってくるという逆説的な意味合いが登場してくる。そのためにハルヒのようなキャラクターにより教室内の人間関係から脱却する必要性が生じてしまうのである。しかしもちろん教室内を描く物語も存在する。すでに述べたように教室内で構築されるスクールカーストの階層を駆け上がっていく『野ブタ。をプロデュース』のような作品は多く存在する。この階層を描くこと自体が大きなテーマとなりえたときからライトノベルはさらにテーマ性を研ぎ澄ましていく。

第二二回電撃小説大賞を受賞した松村涼哉《りょうや》『ただ、それだけでよかったんです』では、高校で起きた自殺と遺書を受けて事件を解明しようとする、自殺した学生の姉を主人公としている。読者は彼女の行動とともに合間に挿入される自殺に追いやったとされる人物の回想を交互に読みながら、事件の真実に近づいていく。ここで特徴的なのは作品内の高校で「人間力テスト」が行われていることである。人間力テストとは「生徒同士で、他人の性格を点数化するもの」（同書二〇ページ）とされ、校長は「現代においては人間力テストなんて無くても、中学生たちは互いに格付け合うのだよ。なにせ学力が絶対視されない時代だ。絶対的な評価基準がないなら、自分たちで互いを評価し合うしかない。私はそれを数値化させただけだ」（同書二三ページ）と設立の意図を述べる。つまり自然に出来上がっている教室内の権力関係を数値化し、明示しようというものである。「クラス全員が人間関係の重圧に苦しんでいたんです。もちろん、中学生ですから、人間力テストなんてなくても、息苦しさはあるでしょう。が、人間力テストはその息苦しさを何倍も高めていた。他人の性格の点数化。成績が悪ければ、自分という存在そのものを否定される。空気を読むことを強要し、同調することを絶対とし、和を乱さないことを命題としていた」（同書二〇四・二〇五ページ）と語られるように、人間力テストは一見するとファンタジー性が強く、ドラゴンボールで使われるスカウターのように人間の目では知覚できないものを数値化しているといえる。しかしここで語られるようにこれまで存在したものに具体性をプラスしただけと考えることも可能である。

　教室の呪縛は大きいのかもしれない。すでに取り上げた八重野統摩『還りの会で言ってやる』（メディアワークス文庫、二〇一二年）では主人公の沖永創吾と、その幼なじみでありクラスでいじめられている鈴城柚舞《すずしろゆま》が、教室内のいじめ問題に対処していく物語である。この物語においても、いじめに直

『ただ、それだけでよかったんです』
松村涼哉　電撃文庫　2016年
株式会社KADOKAWA

接的に対応していくのは彼ら自身であるが、それに対し、大局的に助言をし、手伝っていくのは外部の人間である。大学生二人から構成される「ダメ人間社会復帰支援サークル・還りの会」により、主人公は教室内で行われていた幼なじみに対するいじめに対し、見て見ぬふりをしていた態度を改め、問題に真摯に立ち向かっていくことになる。そして、いじめ問題が一時的に解決したとき主人公は「三野瀬というカリスマを失った三野瀬軍団は空中分解し、女子のクラス内ヒエラルキーは何やら大きな変動期に入ったようだが、それはおれの知るところではない」(同書二二〇ページ)と述べているように教室内の階層と本質的には関係がなくなっている。教室内にのみ依存している人間であれば柚舞のポジションがヒエラルキー内を移動したことを認識するであろうが(下手したらスクールカーストの最下層から上がっているかもしれない)、もはや外部の助力を得て、幼なじみを助けることを目的とした主人公にとって、教室内の様相には興味関心がないのである。これは創作の観点からは苦悩的な部分であり、教室内のみに物語を閉じ込めていくと、ライトノベルとしての物語の起伏が非常に難しいことになっていく。そのために涼宮ハルヒでみせたように強烈なキャラクター性で破壊していき、SOS団という教室の外部組織を結成することで教室の呪縛を逃れることが多い。今回の「還りの会」も同様で、完全外部の存在であり、その会を率いる大学生のキャラクター性により物語は動いていく。

この作品が物語として秀逸な部分は幼なじみの存在である。残念ながら主人公の創吾も柚舞もキャラクターとしては常識を簡単に超えていくだけの行動力をもっているわけではない。つまり涼宮ハルヒではないのだ。しかし、主人公がヒロインに注力していく動機を外部化することはかなり難しい。主人公自身の内部から動機が湧き上がってこないと物語の主体性はないのだ。ネタバレにならないように書く必要があるが、この作品には物語の主軸に関係してくることができない人物が一人だけいる（厳密には脇役キャラは多数存在しているが）。柚舞に「何も関係ないじゃん」（同書三二六ページ）と言われる存在は物語に関連はしつつも、主体的にからんでいくだけの双方向的な動機を有していない。この双方向的な動機を違和感なくもたせることに幼なじみは成功しているのである。つまり幼なじみだから気になるし、幼なじみだから助けなければならない。幼なじみだからスクールカーストを気にして助けないことに気が滅入るし、手を出せない自分自身に嫌気がさす。読者が共有できる幼なじみという概念により、物語の動機は自明化され、物語の初発の駆動となっているのである。

第十二章

幼なじみの名は。

――またはこれは言ってみりゃ「聖地巡礼の話」――

私は旅が好きではない。移動すること自体に価値を見出すことが難しいからである。何よりだるい。かったるい。めんどい。という気持ちが身体的な疲労感を予測し表面化してしまうのだ。大学生だったか、大学院生のときだったかゼミ旅行に行くのが非常に嫌でたまらなく無理やりバイトを入れて、部分参加にとどめたこともあったほどである。この場合は集団行動の面倒さも加算されているので、並列化して考えることとは違うのかもしれない。さらには不参加ではなく部分参加であることが、人間としての面倒さを加速させているような気がする。決められたコースを集団で移動して、「ほほお、これはあれですね」と感心げに史跡を観察するのは、まるでＲＰＧのように思え、誰かにコントローラーで操作されている気分になってしまう。私だけだろうか。

ここで難しいのは私は旅が嫌いではないということである。心底嫌いではなく、気の置けない人との旅であれば、特に問題はないし、一人旅でも気にならない。有名な史跡や観光スポットをまったく回らなくても問題なければ、それはそれでいいし、自分のタイミングで回ることができるのであれば特に文句もない。でも身体的な変容がマイナスな意味において起こらないという点においては旅に出ないのが一番である。誰かVRとドローンを組み合わせて、自宅にいながら同時体験ができるようにしてほしい。その文脈において家に居ながら外の景色が眺められる旅番組は大好きである。旅番組の様相を呈していたら、だいたいのテレビ番組を一度は見てしまう。心のベストテン第一位に君臨しているのは『有吉くんの正直さんぽ』(フジテレビ、二〇一二年～)であり、次点で『ローカル路線バス乗り継ぎの旅』(テレビ東京、二〇〇七年～)である。どちらも多くの場合、著名な観光スポットを目的としていないので、画一的な内容にならないのがいい。素晴らしい。やはり地方の名産品を食べるのではなく自分が食べたいものを食べる。そういう人生を歩みたいものだ。もちろんテレビ番組である以上は台本があり、番組構成上のストーリーはそれなりに存在しているのであろう。とはいえ番組内で構築されている枠組みがほかのものよりも大きく、自由度の高さを感じるところがよいと思う所以ではないだろうか。

しかしこのような感慨も時間を経れば塵となりやがて消え果てていくのかもしれない。もしかしたら私が今認識している枠組みなど、後世では気にならない些細なこととして処理されるかもしれない。『ローカル路線バス乗り継ぎの旅』は個人的に絶賛の番組であるが、『路線バスで寄り道の旅』(テレビ朝日、二〇一五年～)はもはや比較対象にすらならないレベルの番組である。というこの感覚が二〇〇年後も保存されている気がしない。肌感覚という私個人の観念的なレベルとバスを乗り継いで旅をすること自体がヒットしているという時代的な感覚が別の位相として本来は存在しているはずだが、恐らく時間経過により混在され、そして境界が存在したことすら認識されなくなっていくだろう。何より二〇一七年正月の特番で太川陽介・蛭子能収《えびすよしかず》コンビがバス旅から引退したので次第に忘れていってしまうのかもしれない。というのも一時期、田山花袋の紀行文をひたすら読むのがマイブームだったのだが、明治期に田山が書いた作品の多くが徒歩での旅行を取り上げているのに対し、大正期や昭和初期に書かれた作品群では移動手段が鉄道へと変化していく。そのことに関して田山は旅行自体の質が変わり、これはさらに大きな変容をもたらすに違いないと述べているのである。しかし新幹線どころか飛行機という手段すら選べる時代に生きている私には、この嘆きは微小の差異にしかみえない。彼が抱く価値観の差異を理論的に頭では理解することができる。しかし、その機微に至るまでは心を同期させて感じ取ることは、なかなか難しい。歴史学者はこのような細かい視点をみる顕微鏡のような価値観と全体を見渡す鳥瞰図を脳内に描ける能力が同時に必要だと思うが、それを見事にやり遂げる人はほぼ皆無であろう。できるのであれば『ファウンデーション』に登場するハリ・セルダンの心理歴史学は与太話ではなく、実現可能になるので歴史学という学問には輝かしい未来が待っているはずだ。実際に心理歴史学が活用される未来が輝かしいかは横に置いておく（アイザック・アシモフ『ファウンデーション―銀河帝国興亡史』早川書房、一九八四年など）。さておき歴史学者がどれだけストイックに史料に接したとしても現在に生きる人間としての視点が混在してしまうのは避けられない。

聖地巡礼という言葉が存在する。二〇一六年の流行語大賞のトップテンにも入ったのだが、この現象に関して最初に私が論文を書いたのは二〇〇九年になる（玉井建也「「聖地」へと至る尾道というフィールド—歌枕から『かみちゅ！』へ」『コンテンツ文化史研究』一号、二〇〇九年）。論文発表前に行った学会発表だったかで「聖地巡礼という語句は宗教学の用語なので、勝手に使わないように」と私にのたまった年寄りの研究者はその後どうなったのであろうか。まだ生きてますか。そもそも「聖地巡礼」という言葉を使うこと自体は私が勝手にやっているのではなく、行為者自身がラベリングしていった言葉であると説明しても「どうせアニメ、マンガの話だろ」という態度を崩さず、「ダメなものはダメなんだよねー」と九官鳥のように先方が終始言い続けるので面倒になり討論は終わった。論理的な会話ができない時点で時間の無駄である。あのとき、絶対、こいつの顔と名前を忘れないと思ったのだが、根本的に楽観主義なのか今やすっかり忘れてしまった。ここに名前と容姿を克明に書いてもよかったのに忘れるとは何事か。そもそもあのような人間が存在していたのだろうか、という疑問さえ浮かんでくる。誰かが時代錯誤な事例を私の脳みそを操作して記憶として植えつけたのではないだろうか。とはいえ、そもそも論文を書かない研究者など業界では存在しないと同義なので、その後、目にする機会が皆無であるような研究者のことなど自然に忘れていく。ちなみにその学会発表後の懇親会で某博物館の学芸員さんに「あんな年寄りに話をしたって無駄だよ、無駄」と言われたのは非常に救われたのだが、その人の顔と名前も忘れている。私がダメなのかもしれない。

聖地巡礼というのは私にとって非常に楽しい旅である。説明しておくとアニメや漫画、ゲームなどの舞台となった場所を訪れることを指し示す言葉である。つまりアニメなどのコンテンツのファンが作品舞台のうち聖地と認識した場所を訪れることになる。もちろん、行為自体は前近代の歌枕だけではなく、映画やドラマのロケ地をめぐることと大きな違いはない。そのため総称として「コンテンツツーリズム」として学術的な研究が行われている（例えば岡本健編『コンテンツツーリズム研究─情報社会の観光行動と地域振興』福村出版、二〇一五年）。この行動を自発的に強く認識していったのはアニメ作品「かみちゅ！」（ブレインズ・ベース制作、二〇〇五年）との出会いであった。瀬戸内海の島の地域史研究を大学院で行っていた私にとって、尾道を舞台とした「かみちゅ！」は自分自身の研究との親和性が非常に高く、どの部分を切り取っても見逃すことのできない作品といえる。というのは建前であり、後付けの理由である。耳障りの良いことを述べておくと多くの場合、納得してくれるから、そう発言している。「かみちゅ！」以前はフィールドワークなどで実際の場所を訪れる際、私が町全体をみるポイントとして「単なる観光スポット（個人的には大して重要ではない）」、「世間的には重要な史跡(そこそこ重要のようにみえて個人的にはそうでもない)」、「自分の研究に関わる場所（世間的にはどうでもいい）」の三つに分類される感じで、認識の合間をふらふらと動いていた。場合によっては一日中、古文書の撮影だけを淡々としていたときもある。その三つの大枠の概念に「アニメで見た場所（世間的には認識すらされないけど、私的に重要な場所）」が加わったのである。四つ目である。四つ目。視野が広がるとはこういうことである。

旅する理由を内発的に見つけていくという作業は非常に楽しい。史実が歴史的に醸造され物語化していった観光地やそれを誰かがルートとしてつなぎ合わせていったものなど、受け手としての自分が主体的に存在しているようで実はしていない。この価値観自体は非常に中二病（もちろん伊集院光が作成した原義的な意味ではない）のようであり、それはそれでいかがなものかと自問自答していたが、恐らく歴史学者として「創られた伝統」（エリック・ホブズボウム、テレンス・レンジャー『創られた伝統』紀伊國屋書店、一九九二年）をそのまま受容する可能性がある以上、鵜呑みにしてはいけないという考えが根底にあると思う。中二病であってもなくてもどうでもいいのだが、論理的に考える癖が抜けないという意味においては職業病かもしれない。この四つ目の視点が導入されたことで尾道をめぐることは非常に楽しい旅へと変換された。史跡をただの史跡として見るだけではなく「かみちゅ！」の登場人物たちが日常的に歩いていたと認識することで物語の共有が行われ何重ものイメージの層を感じ取るようになったのである。これは史跡などのポイントだけではなく、何の変哲もない坂道や階段もまた重要な場所として急浮上することになった。歩くだけで尾道という土地がテーマパーク化したのである。しかし、テーマパークとの大きな違いは、まだこの時点では聖地巡礼が一般的ではなかったので、作中で描かれている場面が現実ではどこに相当するのかは自分自身で現地に行き、探さなければならなかった。今でこそアニメ放送後や映画公開後にすぐにネット上で場所の特定が行われるために現地に行く前に確認することができるであろうが、この当時、それは難しい問題だったのである。したがってテーマパークのように地図やパンフレットがあるわけではなく、観光協会で配布されていたロケ地マップをもらい町をめぐることになる。そう尾道はドラマや映画のロケ地としても有名な場所のため、実は複数の媒体を経ていれば、そこかしこに見るべきポイントが散りばめられている。

とはいえオタクのメンタリティというのか単なる出不精というのか、楽しさが理論だけではなく理解できるようになったところで、「旅は難しい、ハード」となる側面を完全否定できない。旅をすること自体は体力を奪うだけではなく時間的な拘束を強いられてしまう。つまり自分自身でコントロールできない面が肥大化してしまうのである。そして、いつまで経っても自分自身が外から来た人間だという浮遊性をもった存在であることを、ぬぐい取ることができない。自分で作り上げているパーソナルな場所であれば、体力と知力、そして時間を自由に把握でき、さらには通常の生活範囲内での行動原理に身を任せることが可能である。朝起きてから、何を着て、何を食べ、何時ごろに移動し、という一連の流れのなかでいかに選択肢をなくしてスムーズに生活するのかは非常に重要である。着る服もその日の気分や向かう場所、会う人で変化するというのは極めて面倒ではないか。そこで選択肢を複数浮上させ、選ぶという行為を脳に強いることにより失われるメンタリティはたとえ微々たるものでも、一日全体で考えた場合、馬鹿にはならない。その点、少年漫画の主人公はうらやましい。いつも同じ格好をしているではないか。あれをみて、違和感を覚え、こんな作品は読めない！　と放り投げる人は少数であろう。別に少年漫画の主人公になりたいわけではないが、脳にかける負荷を少しでも減らしていくこと。これは常に心掛ける必要がある。朝起きてすぐにダンベルで上腕を鍛え、腹筋を五〇回行ってから朝食を取る人はそうそう多くはないと思う。なぜなら大多数の人は出勤前に朝から筋トレをすると疲れるため忌避するのである。体力は明確に削られていることがわかるのに対し、精神のほうは数値化も可視化も自己認識することも難しい。したがって旅は体力と精神両面がコントロール下に置けず、そして自分自身の存在自体もストレンジャーになってしまうので、自己認識と他者認識の重なり合う自分という身体が不安を覚えてしまう。

『兎が二匹』はこの認識すらも打ち破る。私の住む町の一部を描いた作品であることはフィクションの舞台となった場所と生活空間が重なり合うことであり、それを認識した瞬間に重層性にしびれきってしまう。現実とリアルの明確な境界線が崩壊し、足元が揺らいでいく感覚はなかなか味わえるものではない。もちろんページをめくるほうがフィクションであり、歩いている自分自身のほうが現実であることがわからなくなっているわけではない。そこまで人間をかなぐり捨てているわけではなく、境界線の揺らぎがオタクのポーズとして根底に存在している。他者から求められる「男なのにプリキュアを見ている」、「男なのに新しいプリキュアに選ばれるかどうか考えている」というようなオタク幻想をそのまま口にすることはキャラクターを演じているといえる。このこと自体は自分自身の所属集団において自分自身が自覚している(もしくは求められている)キャラクターを演じるというポジショントークにつながっている。そのためにフィクションと現実を混同したような発言を行うこと自体がパフォーマンスであるというオタク文化的背景があることは否定できない。しかし「オタクはね、キモいと言われてからが始まりなんですよ」というような単なるオタク的なコードが発揮されているだけではない。

作品は媒体の差はあれど、記号的表現から完全に抜け出すことは不可能である。特定の主人公の視点のみを活用した一人称ではなく、神の視点で描いたとしても、その世界で起こりうる森羅万象すべてを描くことはできない。描かれていないことを読者は想像するしかないし、その世界の隠ぺいこそが作品を高度なものに一段、押し上げているといえる。しかし読み手である自分自身が住んでいる町が作品として描かれると、その前提が緩んでくるのがわかる。作中で主人公たちが何気なく歩く道も、単なる道ではなく私の生活空間である。パチンコ屋の横の道を曲がると何があるのかも知ってい

『兎が二匹』 全2巻 山うた 新潮社刊 2016年

るし、主人公たちの後ろに何があるのかもわかる。どこのスーパーに行っているのかがわかる、というか狭いエリアにスーパーが複数あるから今回はここに行ったのだろうか、と想像することができる。主人公たちが食べているのかわからないがケーキ屋だってパン屋だってどこにあるのかわかっている。立体的な空間把握のうえに、そのすべてが捨象されて主人公を中心とした空間が描かれているのである。フィールドワークや参与観察とは、この複層的に存在する認識をできうる限り把握していく作業なのではないだろうか。いや、結局、これは非常に難しい。要は様々な位相でうごめく物語をいかにして見つけ、多面的に理解していくのかということである。

物語の力は大きい。アニメ『花咲くいろは』は東京で育った主人公の女子高生である松前緒花《おはな》が母親の事情により祖母の経営する石川県の温泉旅館に住み込みのバイトとして働きながら、様々な悩みや問題を抱え歩んでいく物語である。作中で湯乃鷺《ゆのさぎ》温泉として描かれている舞台は、現実世界では石川県の湯涌《ゆわく》温泉をさすのだが、その虚実入り混じることはどうでもいい。その湯乃鷺温泉の地域社会で伝統的に行われてきたと作中で描かれる祭りが「ぼんぼり祭り」である。祭りの内容としては神無月に出雲へ向かう神様たちに対して迷子にならないようにぼんぼりをかざし道しるべを作り、このぼんぼりに願い事を書いた短冊「のぞみ札」を下げると願いがかなうとされている。もっともらしく書いたのだが、現実世界ではこのような祭りは一度も行われたことはなかった。というより存在していなかった。放送終了後に地元により「湯涌ぼんぼり祭り」

として実現されることになったことでフィクションの世界で架空の存在として描かれていたものが現実世界にトレースされ、立体化していったのである。物語が現実を動かし、歴史化され、伝統化していく。その初発の段階を我々は目にしているのかもしれない。そう、「創られた伝統」の初発である。

　物語の力の大きさを感じ取ることは別に地方における祭りの創生という大規模な出来事だけではない。私が編集長をつとめる文芸誌『文芸ラジオ』二号（京都造形芸術大学 東北芸術工科大学出版局藝術学舎、二〇一六年）の出版イベントを二〇一六年九月三十日に東京芸術学舎で開催した。信濃町駅から徒歩十分弱のところにあり、芸術学舎出版局もこの近辺にある。たまに編集部に打ち合わせに行くと休憩のため駅前のコーヒーショップでカフェオレを飲むことにしている。あの信濃町である。そして駅を出てすぐのところに『君の名は。』（新海誠監督のアニメーション映画、二〇一六年）で瀧くんがバイト先の先輩と歩いた歩道橋があるのだ。その歩道橋を通るたびに撮影する多くの人々を目にし、私自身が感じている薄い膜のようなものを、ものともせずに物語をめぐる複数の認識を共有していく人がこれほど多くいるのだと痛感したのである。これまでだと一部のオタクと呼ばれるような人が実際の舞台を回り、写真を撮り、同じポーズをしてい

「花咲くいろは」P.A.WORKS 制作
2011 年
「花咲くいろは」Blu-ray コンパクト・コレクション
好評発売中
発売元：ポニーキャニオン
©花いろ旅館組合

たりするのを「ああ、声をかけることはないけどこれは同志だ」という気分で眺めていたのだが、『君の名は。』に関してはそもそものファンの母数が大きいため実際に足を運ぶ人の比率が同じであっても、これまで目にしなかった多くの人々（チェックのシャツを着た小太りの男性ではない！）が普通に劇中と同じポーズや同じ角度・カメラワークで撮影していたりするのを目にすることになったのである。私が「かみちゅ！」を見て、尾道に行き、やっていた行為を十年以上の時を経て、ここまで多くの人が行うようになるとはさすがに思いもしなかった。冷静に考えれば、映画やテレビメディアが得てきた普遍性が、アニメにも及ぶようになっているということでしかないのだが、需要者であった十年前の自分自身にそれを体感として伝えるのは難しい。

話は一周して「かみちゅ！」へと戻る。尾道を舞台にしたこの物語は主人公の一橋《ひとつばし》ゆりえが神様になるところから始まる。「神様で中学生」だから「かみちゅ！」なのだ。なぜ神様になったのかは解明されることなく、神様としての活動と中学生としての日常生活が重なり合いながら物語は描かれていく。この作品は尾道という史跡が多く存在する町を舞台に、その歴史性と主人公たちの日常性を縦糸と横糸のように織り上げている。日常性も神様であることと中学生であることという二面性が存在しているわけだが、当然のごとく尾道の町中を主人公たちは行動範囲にしており観光地として名高いところからそうではない単なる路地にいたるまで丹念に描かれていく。この物語が秀逸なのは尾道という場所を見事に使いきったところであろうか。

尾道を外からの目線で切り開いていくと当然のことながら旅行雑誌のようなものが出来上がっていく。しかし、それでは主人公たちの日常生活が浮き上がってしまい、物語の描かれる舞台としては破たんしていくしかない。第一話から主人公たちが通う中学校の昼休みという場面でスタートすることは非常にうまい。中学校の昼休みに昼食を取りながら会話させることで、情報と世界観、キャラクターの描き分けを視聴者に見せていく。神様になってしまったという衝撃的な話も織り交ぜながら、交流が広がっていく様子が穏やかに描かれていく。シーンとしてキャラクターの立ち位置と情報、そして物語の展開を続けていく作業は物語論の教科書に掲載されるような典型例である。何せ、序盤はほぼ会話で話が進むのだ。主人公のゆりえが中学生である時点で通常ならば教室内を中心として日常生活を描くことになってしまうであろう。そして教室の人間関係に縛られる作品になりがちであるが、この作品のもう一つの秀逸な点は中学生を主人公としながらも教室内の出来事に集約させない点にある。もちろん主人公の友人関係や様々な学校行事、通常の授業はすべて教室をベースに描かれていく。それは当然なのだが、ゆりえがあこがれる二宮健児もゆりえを神様として祀り上げようとする三枝祀《さえぐさまつり》も教室という空間にとらわれることなく、関係性が維持され、物語として広がっていくのだ。そして何より主人公の幼なじみであり、常に行動をともにしている四条光恵は教室で構成される人間関係以前に尾道という地域において生まれながらにして主人公との関係性を構築してきた存在である。

中学校の教室という空間で新たに築かれていく人間関係に「かみちゅ！」という作品は重きを置いていないが、幼少期に築き上げた半径数メートルの関係性から新たな一歩を踏み出し、他者との関係を少し広げるという、どの中学生も行っていることを実は神様として主人公のゆりえは行っている。神様のルールも世界もそして神様関係もすべてわからないゆりえにとっては不安で仕方がない。神無月のときなど出雲に一時的に転校しなければならないのだ。しかも神様の寄り合いは人間世界で行われないときている。神様も大変である。中学生が新しい世界に飛び込んで不安でないはずがない。しかし、それらを幼なじみの四条や中学校から（というよりゆりえが神様になってから）友達になった祀らが支えていく。そう、気づいたかもしれないが、神という異世界と人間たちの日常空間をからませながら描いているが、実は物語の中心的な要素は普通の中学生の女の子を描いているのである。だからこの作品は素晴らしい。書いているうちにまた尾道に行きたくなってきた。旅は嫌いだというのに。

第十三章

転生したら幼なじみだった件

――またはこれは言ってみりゃ「異世界ものと他者理解について」――

女子力という言葉はバズワードであり、そして呪縛のようでもある。飲み会でサラダを取り分けるとか料理を手際よく作れるという、これまでは個々の能力値として判断されていたことを総体として一つにまとめあげただけの言葉だと思っていた。しかし物事はそれほど単純化されるわけではない。東京で仕事をしているとき女子力という言葉を日常的に使っている人と出会うことはなく、それはメディアで発せられる言葉でしかなかった。ところが山形に異動した途端、学生たちどころか成人した人間や社会人まで使用しているのである。これは一体どういうことだ。

女子力という言葉が使用されるとき、それは単体での能力値を示すものではない。単体というのは職場で気配りができるという個々の能力の話だけではなく、女子という言葉自体が単独で認識されているわけではないということである。要は男性を意識した際に発揮される能力、さらにいえば男性に媚びるために使われる能力が女子力なのである（米澤泉『「女子」の誕生』勁草書房二〇一四年）。それを踏まえるとこれまで研究者仲間とともに仕事を進めていた自分自身のコミュニティにおいて、性差の問題はそれほど大きくクローズアップされていなかったとするのが妥当であろう。もちろん目に見えない部分でそれなりにジェンダー的な問題は存在していたに違いない。研究者だとしても思想的にフラットであり続けることは不可能なのだ。そんな湯上り卵肌のような人がいたら会ってみたい。つるんとした脳みそをしているのだろう。そして東京で教壇に立っていたのはすべて非常勤講師としての職務であり、授業に行き、しゃべり、そして帰宅するということだけを繰り返していた。これでは学生たちと日常的に話をする機会というのは極めて少ない。翻って山形に専任教員として赴任すると自然、社会環境の違いから、周囲の価値観も大きく変化した。それでも違いすぎやしないだろうか。

女子力が発揮される最たるシーンは飲み会の席である。サラダが出てきたら取り分け、ビールが来たら注ぐ、コップが空になったら注ぐ、肉が来たら切り分ける。やめてくれ、全部自分でできることではないか。これまでどれだけ職位が高かろうが、何才だろうが、自分が食べたいものを好きなように取り、飲みたいものを飲むということが当たり前の飲み会を経験してきた私にとって、山形に赴任して以降、繰り広げられる茶番のような飲み会は苦痛でしかなかった。そしてさらに困ったことは女子力というバズワードがあることにより、みんな安心して取り組んでいるのである。体調が悪いのに理由がわからず、どうしようもなかったところへ医師の診断で病名が把握できた途端、安心してしまう、あの感じである。思考停止状態。そして新任教員として赴任した私の前にあるコップにはビールがつがれ、サラダが取り分けられる。ビールは嫌いなのに。

皆さんは、こう思うであろう。説明して断ればいいじゃないですか、と。私はここでもう一つのカルチャーショックを受けることになる。理屈を説明しても背景とする文化が違いすぎて理解できない人がいる。そんな人がこの世に存在するとは知らなかった。あずまきよひこの『よつばと！』（月刊コミック電撃大王、二〇〇三年〜）でよつばが「りろんはしっている」と言いながらわかっていない顔をしていたが、理論すら知ろうとしないのである。そう、私自身も理論的に物事を説明すればすべての人間は理解できると、まるで少年漫画の理想のようなことを信じていたので、この世に他者を論理的に理解する思考回路をもたない人がいるという理論は知らなかったのだ。よつばと同じ顔をしておこう。ビート・クルセイダーズのようにプリントアウトした画像を顔に貼り付けてくれ。そして私は次第に飲み会に行かなくなる。誰かがサラダを取り分けないだけで怒り狂い説教をする女性を見るだけで反吐《へど》が出る思いをするので、足が遠のく。他者を理解できない人間は果たして人間なのだろうか、人間のかたちをした別の何かではないかと考えてしまい恐怖さえ覚える。大学院生のときは先輩とよく飲みに行っていたのにアルコールを摂取する機会は半年に一回ぐらいになってしまった。ただこれは別に悪いことではなく、酒の強くない人間として機会が減ることは体調という点からは非常によい。あと金銭的な負担も少なく、その分、漫画を買うことができる。

私自身はジェンダー研究者でも何でもないのだが、なぜこれほどまでに女子力という言葉が嫌いなのだろうか。メディアのなかで語られている言葉を横目で見ている段階では、深く考えもしなかったが、自分に降りかかってくると考えるようになるという直接的な動機はもちろんある。自分自身が男性として生まれ、男性的な社会に慣れすぎていたために気づかなかったということもあるかもしれない。それでも山形で繰り広げられている女性が行う男性的な行動規範に違和感を覚えるのは別の理由もあるのではないか。

東日本大震災（二〇一一年）以降、人々はつながりを求めている。という言説をメディアで、対面で耳にする機会が増えたような気がする。それ自体は間違いではないし、個人の感性のレベルに対して私がどうこう言うつもりはない。ただし、私的にはこのつながりを求める風潮には重厚な息苦しさを覚えてしまう。『君の名は。』は作品としては名作であり、映画館で見ながら物語構成のうまさを痛感させられていた作品である。映画を見ているときは（映画以外でもドラマでも何でも）脳みその機能を複数に分けて、単なるファンとして見ている脳と物語を分析する脳という二つを同時並行で動かすことにしている。たかが二つなので、それほど苦労はしないし、世の中、もっと数多くの機能を並列化できる人がいるので大変うらやましい。会議中に議論に参加しながらほかにも二つぐらいの仕事を動かせるようになりたい。あと蛇足ながら新海作品は新宿バルト9で見ることにしている。なぜなら視聴しているそのときに自分が座っている映画館が作品内に出てくるのだ。感じられる浮遊感は得ておきたいではないか。さておき作品としては後半になるにつれラブストーリーだけではなく、別のレイヤーとして震災が浮かび上がってくるのを観客は突きつけられる。メディアを通じ情報を浴びせられるも何もできない、ただ見ているだけだったあの経験を主人公とともに途中までは味わうのだ。そして物語の帰結は二人のつながりへと落とされていく。観客が求める最大公約数を考えるとこれは素晴らしいし、単なるラブストーリーならば、こうでなければならない。しかし震災の物語という点を踏まえて考えると、従来の新海作品では切れてしまうに違いないつながりが、つながってしまっているという事実に不確かな息苦しさを覚えて、釈然としないままバルト9の下りエスカレーターに乗ったのだ。エスカレーターの横にあるガラス窓からは瀧くんの通う高校を目にすることができるが、機械的に運ばれながらそんなことを考えていた。瀧くんが悪いわけではないというのに（そして誰が悪いというわけでもない）。

二〇一六年に大ヒットした作品として漫画『逃げるは恥だが役に立つ』も挙げることができる。年末年始は忘年会・新年会で大量の恋ダンスが余興で踊られたのであろう。見せられた人、踊らされた人はご愁傷様。私はそもそも忘年会というものに何年も参加していないので、身近なレベルですらどうであったのかは知らない。しかしバナナマンのラジオ番組に毎年必ず登場し、そのたびにミュージシャンだというのにイジられている星野源がここまでブレイクするとは思いもしなかった。二〇一六年初頭の『文芸ラジオ』の会議で星野源の話をしたとき、あれほどみんなのリアクションが薄かったというのに。編集長として「あれ、俺の感覚はついにオッサンとして衰退してしまったのか？」とか自問自答していたというのに。売れまくりではないか。とはいえ星野源の楽曲はそれほど好きなわけでもないので、ここまでとする。iTunesにCD数枚のデータが入っているぐらいしか星野源は聞いていていない。

逃げ恥（テレビドラマ版）を表面的に説明することはたやすい。主人公津崎平匡《つざきひらまさ》（星野源）のもとに新垣結衣《あらがきゆい》演じる森山みくりが就職としての結婚つまり契約結婚を行い、様々な歪みのなかで浮かんでくる社会問題を描いていく作品である。星野源が歌う主題歌「恋」をバックに出演者たちが踊るダンスが話題となった。このドラマを全国の多くの人と同じように見ていたのだが、毎回、うんうんうなるように考えていた。原作もそうだが作品自体はコメディタッチで描かれており、美男（？）美女（！）が偽装結婚のように一つ屋根の下で生活するラノベのような外枠を物語は示している。話題となった恋ダンスなんてロボットアニメ『OVERMANキングゲイナー』（サンライズ制作、二〇〇二〜〇三年）のゲイナーダンスみたいなものではないか。そのような外側の見目麗しいものを取り除いていくと、この物語は現代社会の様々な問題を取り込んでいることがわ

『逃げるは恥だが役に立つ』全9巻　海野つなみ　講談社　2012～2017

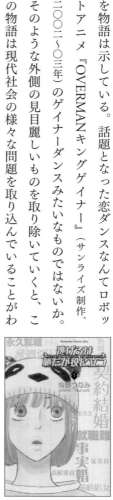

かる。まず、みくりは就職難で正社員になれなかった挙句、派遣切りにあっている。私もみくりと同じく大学院卒なのでわかるわかると勢いよく頷いてしまう。大学院で取り組んできた研究活動を除いてしまうと自分には何が残るのだろうか。対する平匡にもまた感情移入をしてしまった。「正直、僕は人に家にいられたり構われたりするのが好きではないんですが、森山さんは平気でした。森山さんは距離感をわきまえているし、きちんとお互い仕事として割り切っているのがよかったんだと思います」(『逃げるは恥だが役に立つ』一巻、四二ページ)と語るように彼は他人との距離感を重要視する人間だが、この他者との関わりは私個人としても大きな問題だと考えている。

逃げ恥では結婚というものを戦後に培われていった恋愛結婚でもなく、また近代日本に重要視されていた家制度のための結婚でもなくビジネスとして描かれている点が特筆すべき点であろう。契約結婚であった二人が互いに思い合うようになり、相思相愛の状態で籍を入れるという話を平匡がみくりにしたときに「自分が相手に「男の役割」を期待してるんだから、向こうだって「女の役割」を期待するよ。それなのに自分ばかり「働いた分、お金くれないと嫌」とか言いづらい」(同書六巻、一四四ページ)と考えているように、結婚に対する現代の人が抱く普遍的な価値観は極めていびつなものかもしれない。つまり江戸時代に奥と表が分かれており、奥を女性が表を男性が運営・維持していたものを、近代日本において家父長制度として父親に権力を集約させていった流れに対し、今の社会においてそれは果たして通用するものであろうかという疑問をこの作品は提示してくれる。性差としての男性・女性の関係を築き上げていくうちに、結婚という社会的な制度を組み込んでいくにはジェンダー的な差異が二人の関係性に導入されてしまう。簡単にいえば女性は家事労働を無償で行い、男性は外で稼いでくるという価値観をどれだけ旧世代の価値観だと否定しても、結婚制度を二人の関係性に導入すると完全に脱却することはできない。それに対しテレビドラマ第一〇話では「好きの搾取です！　好きならば、愛があれば何だってできるだろうってそんなことでいいんでしょうか？　わたくし森山みくりは愛情の搾取に断固として反対します！」とみくりは見事に言いきっている。平匡も「仕事が中心で、あとは適当にものを食べて、本を読んだり、テレビやネットを見たり、たまに友達と会ったり、一人で出かけたり」（同書七巻、三〇ページ）という生活を謳歌していたはずであったが、みくりとの出会いにより変化し、悩んでいる。他者との関係性は必要であり、必要でないかもしれない。これは本当に難しい。

孤独であることは、それほど悪いのであろうか。人は一人で生きていくことはできないという当たり前のことはもうわかっている。逃げ恥を持ち出さなくとも、誰かと一緒にいる楽しさや安心だってわかっている。そうではないんだ。なぜ思考停止状態になり誰かとともに過ごすことが唯一無二の幸せだと言い切れるのだろうか。友達なんか必要か。必要なときもそりゃあるだろう。でもすべてをのっぺりと左官屋のようにきれいに思考を塗り固めてしまってよいのだろうか。そう考え、もやもやしながら東日本大震災以降を過ごしていたのだが、やはり同じように考える人はいたようだ。森博嗣の『孤独の価値』（幻冬舎新書、二〇一四年）は極めて論理的に説明してくれている。著作で述べているように森博嗣は別に心理学者でも社会学者でもない、理系の研究者であり、売れっ子ミステリー作家である。したがって心理学や社会学の学界において、この著作がどう評価されているかは判然としないし、私個人としては特に興味はない。いや、ないわけではないが、時間と労力をかけるほどではないというだけである。本書で述べられていることは一貫して孤独であることに対しマイナスの評価を下す価値観に疑義を呈している。そもそも孤独であることにさみしいや悲しいというマイナスの感情が付与してしまうことを、人はなぜ当然として受け止めてしまうのだろうか。意味がわからない。

わからないわけではなく理屈としては理解できるが、その価値基準のなかで生きていかなければならない理由などどこにも存在しない。社会的生活を送るにあたって、果たして一日中二十四時間すべてが誰かとの連帯を認識しなければ、人間は死んでしまうのだろうか。そんなはずはない。歩きながら思考を行うことを常としているが、その際には私は果たして社会的存在であるのかという問題は極めてマージナルになる気がする。思考をするということは何かしらの社会的要素と断絶してはいない。人間である以上、思想はすべて何かしらの影響を受け、誰かに伝えるために思考を行う。したがってやはり他者とのつながりを断ち切っているわけではない。しかし恐らく他人から客観的にみるとこの自分は極めて孤独な状況であろう。何せ、今こうして原稿を書いているが、今日はまだ誰とも話をしていないし、発声もしていない。コンビニ店員に箸がいるかどうか聞かれ、「いりません」と返答すらしていない。そもそも外出をしていない。誰にもメールを書いていないし、読んでもいない。すべては休みの日の特権である。そのなかで自分は集団に対する帰属意識をイマココというピンポイントな時間においては拭い去っていることになる。このようなミクロな視点だけではなくマクロにみても、体調が悪いときや気が乗らないときには飲み会の誘いを断るぐらいなので集団に対する依存度が低いことは言える。

別に帰属意識がゼロやマイナスであったほうがよいとは言わない。どれほどグルグルと脳内思考しても人間である以上は社会的存在として生きていかなければならない。霞を食べ、仙術を駆使することができるレベルに達しているならば何も言うことはないが、さすがに難しい。斉天大聖《せいてんたいせい》を見ているとサルでもなれそうだが、個人的には光合成と不老不死が身につけば一つの理想をクリアしていると感じている。そして理想ははるかに遠いのだ。

他者との距離感を気にすることなく生きていけばいい。ただそれだけのことでスムーズに運ぶことはたくさんあるというのに、集団に帰属し、孤立してはいけないという価値観が絶対的心理のように共有されてしまっている。まことに残念である。そして悲しいことに私が教えている東北芸術工科大学の文芸学科にて一年生の夏季休暇課題として『孤独の価値』のレビューを書くというものを出したのだが、提出されたものすべてが「私の孤独体験」でしかなかった。「著者はこう言っているが、私の経験した孤独は違う。とにかく孤独なのだ。そして悲しいのだ。さみしいのだ」のオンパレードである。感情論でしかなく何も中身がないのだが、結局のところ書かれている事例すべては森博嗣が論理的に説いている内容に内包されているという悲しい事実に気づかないのだろうか。あなたの経験は確かに特別だ。でもその特別なものは論理的に考えるといくらでも普遍化可能なのだ。

他者が語ることを論理的に理解することができない人が数多く存在する事実は、ある意味で私個人としては非常に衝撃的であり、世の中まだまだ知らないことがあることを経験値で得ることができたのは有意義ではあった。飲み会での女子力と孤独をめぐるレポートは少なくとも、認識の幅を広げてくれたのである。ライトノベル作家である松智洋さんが生前、文芸学科にゲスト講師として参加されていたときに、「普段、私は文章を読んだり、書いたりすることが当たり前の人と接する機会が非常に多いのだが、彼らの価値基準に合わせてしまうと自分の読者層を見失ってしまう。でも、ここに来て学生たちと接するとその修正ができる」と仰っていた。もちろん若干の皮肉も込められているのかもしれないが、本心の部分も大きいのだろう。人間である以上は個々人の能力差があって当然なので、他者が奏でる理論を理解できないこと自体は別に問題ない（ただし大学のディプロマポリシー的には問題かもしれない）。しかし物語世界では他者への理解は必要になる。

異世界転生もしくは異世界召喚を描く物語がウェブで発表される小説の間で大ヒットしており、多くの作品が書籍化されている（この現象の詳細は飯田一史『ウェブ小説の衝撃―ネット発ヒットコンテンツのしくみ』筑摩書房、二〇一六年）。もし他者への理解をまったく示さず、興味関心すらない主人公の場合、異世界に召喚されたところで背景となっている文化の差異が大きすぎて何もしないまま物語は死滅してしまう。結局のところ物語の主人公は主体的に物語にからんでいかなければならない。より具体的には自分自身のポリシーに基づいて行動を起こしていかないといけないわけである。異世界に召喚されたところで、特にやる気のない主人公の場合は、あたりを見渡して知らない場所だと認識した時点で話が終わってしまう。誰にも話しかけない場合だってあるわけだし、突然の異世界で混乱したまま話しかけたところで言語が違うとなれば自分の殻に閉じこもるかもしれない。これは実は異世界と関係のない物語であっても同じことがいえるため、物語を考えるうえで普遍的な要素といえるかもしれない。

異世界に対する興味は実はファンタジー世界に限定されたものではない。江戸時代においては数多くの漂流記録が作られた。それらは幕府や藩などの公的機関により制作された漂流民を取り調べた際の記録類と漂流民の話を聞いた第三者が書き記したフィクション性の極めて高いものに分類することができ、多くの出版物が流通している（倉地克直『近世日本人は朝鮮をどうみていたか―「鎖国」のなかの「異人」たち』角川学芸出版、二〇〇一年）。それだけではなく琉球使節が江戸を訪れるたびに「琉球ブーム」とも呼ばれる現象が起き（横山学『琉球国使節渡来の研究』吉川弘文館、一九八七年）、同様に琉球使節の行列を描いた行列図などの出版物が大量に発行されたのだが、そのブームを受けて使節が江戸にやってきた際には店の客も店員もすべて見学のために出払っていたとされている（松浦静山『甲子夜話続編《かっしやわ》』巻八七）。何より琉球使節がやってくるときは冬が多かったため季節柄、風邪が流行するのは仕方ないのだが、それを琉球風邪と呼称していたほどである（小田切春江『名陽見聞図会』初編之上、一八三〇年）。つまり江戸でもどこでも場所は関係なく庶民にとって異国の文化に直接的に触れる機会は極めて少ないために、異国の情報は真偽を判断する以前に極めて珍しく、興味関心をひくものであったといえる。もちろん異世界への関心だとて今と変わらず高く、平田篤胤《あつたね》の『仙境異聞』（一八二二年）はその典型である。天狗のもとで修業したという少年寅吉に平田が聞いた内容を記したものであるが、要は異世界召喚記録でしかない。神隠しは異世界召喚だったのだ。

近代化以降も異国・異世界への興味は決して潰えていない。文明が発達し、近代化が加速化し、異界や異世界が心の片隅に追いやられてしまったとしても、デフォーの『ロビンソン・クルーソー』（一七一九年）が翻訳され、一九三七年に直木賞を受賞した井伏鱒二《ますじ》の『ジョン万次郎漂流記』など多くの作品が発表されている。もちろんこれにはSF（というより近代の科学小説）や冒険小説、児童文学などの様々なジャンルとの有機的な結合があってのことではあるが、二〇一三年にテレビアニメとして『翠星のガルガンティア』（Production I.G制作）が放送されているように一つの指標としての優位性をみせている気がする。そして異世界召喚の流行をどのように考えるべきかの一つの答えとして出されたのが松智洋の『異世界家族漂流記不思議の島のエルザ』ではないか。

よく学生からは異世界召喚・転生ものが流行りすぎて嫌気がさすと言われる機会が多い。二十歳前後の若者がそう言うのであれば、すぐにブームは下火になるだろうと安直に考えていたが、まったくそんなことはないまま五年ぐらいが経過してしまった。この理由としては消費者側の一方的な視点からすれば異世界を描いていれば一から十まですべて異世界一色として消化してしまうのであろうが、作品の本質は別のところにあるからではないだろうか。異世界に転生するか召喚されるかは別にして、それは作品を彩る外側の問題であって、中心を貫くテーマは舞台をどこにしようと関係のない普遍的なもの、もしくは時代を超えて貫かれる普遍性ではなく今現在の読者ターゲットが共有しうる普遍性を重視して作品が描かれている。この『異世界家族漂流記』は松智洋がこれまで描いてきたテーマである家族の有り様やつながりを見事に描ききった作品である。「漂流」という言葉が指し示しているように、これまで冒険小説、海洋SFが担ってきた孤島で生き残っていくにはどうしたらよいのかという根源的なテーマ、そして異世界だろうが孤島だ

『異世界家族漂流記不思議の島エルザ』松智洋　ダッシュエックス文庫　2016年
©松智洋・おにぎりくん／集英社ダッシュエックス文庫

ろうが一人では心もとないところに複数の集団で流された場合という二点を結びつけている。そしてこの一人ではないという点は異世界ものでは非常に重要になってくる。

無人島に一つだけ持っていくとしたら何がよいのかという質問は定型化してしまい、「サバイバル術が書かれた本」や「頑丈かつ用途ごとにそろったナイフ」、挙句の果てには「TOKIOが五人いればいい。無理なら山口一人で」みたいな回答がだいたい用意されている。しかし大前提として一人しかいないという空間は非常に生存率が厳しいのではないか。何せ一人だと孤独・孤立感に襲われ続け、さらには生きる希望を見出すだけの動機が存在しない。もちろん物語上は主人公の内面で発生する困難に打ち勝っていくこと、そして自然と相対しながら生存していくことが面白さとなって読者を惹きつけていく。しかし逆にいえばロビンソン・クルーソーもそうだが、他者とのつながりを描くには召喚・漂流は非常に難しいモチーフといえる。そのために異世界転生・漂流の要素の一つとして異世界に行く前の人間関係が転写される場合がある。つまり一人では無理な場合でも家族でやれば何とかなる。

もちろん家族である必要性はまったくない。物語の面白さを増幅させるのであれば、そこは幼なじみでもよいのだ。めいびいの『結婚指輪物語』では主人公のサトウは幼なじみのヒメを追って異世界へと飛び込んでしまう。その先でヒメは異世界の姫であり、彼女を救うために、そして異世界の王国を救うために彼はヒメと結婚し戦うことを選択する。というのが大まかな話であるが、ここで物語を駆動させているのが幼なじみという関係性である。いきなり異世界に召喚（この作品は勝手に飛び込んでいるが）された場合、当然、他者との関係性を一から構築していかなければならない。その点、幼なじみは非常に都合がよい。家族の場合は血のつながりが存在し結束していくが、幼なじみは時間を共有しているだけでそれ以上でもそれ以下でもない。とはいえ見ず知らずの人と一からコミュニケーションを取り、「これは何ですか？」「これはリンゴです」みたいな語学の初歩からスタートし文化の相互理解を進めていくのは物語としてもドライブしていくわけがない。その様々な足かせを一気に取り払ってくれるのが主人公とヒロインの関係性、そう幼なじみなのだ。幼なじみの都合のよさは、これまで様々な側面から説明してきたように血のつながりがない、しがらみのない関係性であり、かつ半径数メートル内でともに成長してきたという文化的背景の共有が自然となされているところである。したがって深すぎない関係性だからこそ、お互いのことがわかるけどわからないという絶妙な描き方が可能になる。

　これは別に幼なじみが異世界の住人である必要性に直結するわけではない。例えばベストセラー小説である『レイン』（全十五巻、アルファポリス文庫、二〇〇五～一七年）の吉野匠が書いた『俺と魔王令嬢の異世界婚活奮闘記』では主人公を異世界に連れていく存在はヒロインであるが、当然、その瞬間まで主人公に面

『結婚指輪物語』 めいびい　スクウェア・エニックス　2014年～

識はない。現実的に考えてしまえば異世界の人間と普通に知り合いになれるのは、すでに電波をキャッチしている人か妄想癖の強い人であるため近づきたくはない。そういう人がいたら、ひっそりと教えてほしい。いや、面倒そうなので教えなくても構わない。遠くから見るのにとどめておく。とはいえ物語ではそういうわけにもいかず、突然出会う美少女は異世界から来ているし、そのまま主人公は異世界に連れていかれるし、その主人公とともに飛び込んでしまうのは幼なじみの少女になる。これにより未知である異世界のなか、たった一人で孤独感を抱えて手探り状態で過ごすことはなくなり、同じ文化背景の二人が異世界・異文化に挑んでいく物語へと変換できる。幼なじみは究極的には関係性でしかなく、個々人の性格やポリシーとは別個の価値観である。そのために異世界での行動そのものに強く反映されるわけではなく、物語のいくつかのポイントをスムーズに稼働させる要素でしかない。

さて個人的には先述した通り、他者とのつながりを強く求めていくこと自体が絶対的真実であるとする風潮には異を唱えたい。もちろん価値基準は人それぞれなので、そうではない人がいてもまったく困らない。私にとっては、それ自体が他人事でしかないので。しかし、そのつながりを他者に強要することの暴力も認識していなければならない。ただし、その点においてフィクションの場合は少し話が

『俺と魔王令嬢の異世界婚活奮闘記』
吉野匠　一迅社文庫　2016年

違うのかもしれないと思っている。何より他者との関係を構築しない主人公が描かれる物語の時点で多くの場合はエンターテイメントとして物語が破たんし、読み進めることは難しくなるだろう。そもそも書店に置かれている本に書かれているあらすじを読んだ際、そのような内容の場合は買おうとは思わないし、そもそも存在するのか。この点は非常に矛盾していて、しかしある意味で矛盾はしていない。物語は現実世界をのっぺりと謄写する必要はなく、フィクション的なリアリティで存在すればいい。そうしないと物語の幼なじみは、ほとんど絶滅危惧種ではないか。このような話を持ち出すと、一時期、よく反論として持ち出されていたのが米澤《よねざわ》穂信《ほのぶ》の「古典部」シリーズ（角川書店、二〇〇一～一六年十一月時点で六巻）である。主人公の折木《おれき》奉太郎《ほうたろう》を持ち出して、彼はやる気がないじゃないか、と言う。創作の問題として極めて典型的なものではあるが、奉太郎はやる気がないのではなく「省エネ主義」を標榜しているだけである。つまり彼自身の行動原理が明確に定義されており、そのポリシーに乗っ取った行動が選択されている。そうでないと物語はまったく進行せず、事件解決には至らない。ただ単にやる気がないようにみえるだけである。より具体的にいえば、やる気がないと読者が思うように作者がみせており、そのイメージに読者がとらわれているだけである。

やる気問題はわきに置いておくとして、フィクション内で関係性が明確化されていくという点は幼なじみを物語のなかに組み込んで活用していくことにつながっていく。その点において小説内で描かれる幼なじみはギャルゲーとは別の文脈で活躍は可能だが、結局のところギャルゲーと同じく関係性は関係性でしかなく、物語が始まった段階ですでに構築されている関係性が逆に足かせになる場合だってありうる。エンターテイメント作品である以上、主人公の変化（時に成長）が求められることが多いのだが、逆に幼なじみは物語の出発地点の時間軸でのみ有効であり、物語が展開すればするほど無意味なものになっていく。そして本来は主人公と他者との関係性は主人公の変化と連動していくはずだというのに幼なじみは過去の関係性であるがゆえに、いつまでもそのままで置かれ続けるようにみえてしまう。結局のところ、創作上の幼なじみの取り扱いの難しさが強調されてしまうのだ。

第十四章

ストップ!!　幼なじみくん！

――またはこれは言ってみりゃ「男装・女装・性転換の物語」――

水曜日に飲み会を開いてはならない。学校の七不思議のようだが、単純に一時期、私のゼミでは水曜日に飲み会が開催されることが忌避されていただけである。いくつか説明せねばならないが、幹事の立場を考えれば水曜日にゼミ飲み会を行うと非常に楽で、なぜならこの日に文芸学科の全ゼミが行われるために教員も学生も大学に来ているはずだからだ。教員は基本的にいるので、サボっている学生がいなければの話ではある。ゼミ飲み会の幹事は学生（主にゼミ長）が行い、教員の意向を気にせず好きな店で好きな人（ゼミ所属以外の人）を呼び行うことができるとしている。つまるところ私自身は飲み会へのこだわりがほぼないので、自由にやってくれという感じである。とはいえ、こだわりがないというのは、別の視点から考えれば優先順位もそれほど高くはないので水曜日に放送されている『マッコ&有吉の怒り新党』（テレビ朝日、二〇一一～一七年三月末）を視聴するのと飲み会参加が生活レベルにおいては等価になる。要は学生たちと話をしているのもマツコ・デラックスと有吉弘之とアナウンサー（二〇一七年三月時点では青山愛）のトークを聞いているのも同様に楽しいので、水曜日に飲み会が開催されると「あー今日は怒り新党が見られないのかー」という感想を素直に口にしてしまうのである。

教育熱心な人は「学生ファーストではないのか！」と怒り狂っているのかもしれない。飲み会参加への評価が相対的に下がるのは、単純に山形の冬があまりにも寒すぎて、四国で育った私には存在しているだけで生命力が奪われていることが理由の一つとして挙げられる。ゲームで毒などの状態異常に陥るとＨＰが歩くだけで減っていったり、行動するたびにダメージを受けたりするが、あのような感じで生きていくだけでつらい。息を吐くだけでつらい。そしてそのような状況では当然ながら酒は毒になる。酒を見るだけで吐き気がこみあげてくるので、ウーロン茶がいい。特にホットだとなおよい。しかし、それはもう家でお茶を飲んでいるだけではないか。もちろん前章で書いたような価値観の問題もあるが、それは付属的な問題で参加メンバーに依拠する点も大きい。ゼミの飲み会でよいことだなと思っているのは、これまで誰も乾杯の音頭を私に求めてはいないことである。純粋に考えると指導教員ではあるので、社会的な立場としては「かんぱーい」と発声してもおかしくはない。別に社会的立場により行動要請が行われること自体が嫌なわけではない。「かんぱい」の四文字ぐらいいくらでも言ってやる。それよりも酒席では人間関係がある程度、フラットになっている点がよい。もしかしたら私が気づいていないだけで、学生たちは異様に気遣っているのかもしれないが、それはそれで申し訳ないのと同時に称賛すべきかもしれない。というより気をつかっているから水曜に開催されなくなっているのである。すみません。

そもそもなぜ『怒り新党』が好きなのか。一つには私はラジオ的な番組が大好きなのである。いやそれ以前にラジオ番組が大好きだ。ヘビーリスナーというやつで毎日何かは聞いている。朝起きたときには布団のなかでうごめきながらradikoのアプリを立ち上げて伊集院光の番組をおぼろげに聞いているし、昼間もバラエティ『たまむすび』あたりを流し、深夜ラジオは録音して通勤時間にイヤホンで聞いている。別に常に聞かないといけないという前のめりな感じではなく、聞いているときもあれば聞いていないときもある。伊集院光の朝の番組は聞かないときのほうが多いが(というより寝ている場合が多い)、彼の深夜ラジオは録音を欠かさない。もちろん断っておくと仕事中は聞いていない(そもそも聞けない)。根本的になぜここまで聞くのかというと恐らくはメディアの規模の違いがあらわれているのだろうが、テレビ番組では放言されにくいこともラジオだと話されているような気がする。生放送というライブ感を備え、昔は葉書で今はメールという双方向的な要素を有している点も大きいのだろう。印象的な出来事としてはブレイクしたてのオリエンタルラジオが生放送で喧嘩をし始めたときは驚いた。最初はお笑い芸人だからネタを即興で始めたのかと思いきや、そうではなく普通に言い合っているだけであったらしい。二人の間に流れる緊張感がそのまま聴取者にも伝わってきて、一体何が起こっているのだと唖然としているとCM明けに「すみませんでした」とテンションが数段階下がった感じで謝罪されてしまった。そこで本当に喧嘩していたとリアルに突きつけられるのである。ちなみに喧嘩の発端はエヴァンゲリオンを知っているかどうかというどうでもいいものであった。概して喧嘩はそうやって起きる。

その意味において『怒り新党』はラジオ的な番組である。視聴者からの相談は毎回必ず行われ、それに対し有吉とマツコが自由に議論し、それ以外にも独自のコーナーが展開される。ビジュアルで描いていく面があるのはテレビだから仕方がないとしても、二人のトークで見せていく姿勢はラジオ番組的であるというほかないだろう。同じテンションでトークを追及したものとして『月曜から夜ふかし』(日本テレビ)も挙げられる。こちらは関ジャニ∞の村上信五とマツコ・デラックスによる番組で二人の前に置かれたカードを選択し、そこに書かれた内容のVTRが流される。VTRを見ながら、そしてVTR終了後に二人によるトークが繰り広げられるのである。要はフリートークが中心であり、その力量により番組の面白さが左右されるといえる。ただし『月曜から夜ふかし』は視聴者からの便りによりコーナーが成立しているわけではないので、ラジオ番組におけるフリートークだけピックアップされたものといえる。

お気づきであろうか。例として挙げた二つの番組にどちらもマツコ・デラックスが出演しているのである。別にこだわっているわけではなく普段のテレビ視聴はたまにドラマを見て、アニメは欠かさずチェックするし、時代劇もぼちぼち見ている。別にマツコが出ているから見るということはなく、出演するほかの番組は見ていない。というより何に出ているのかも把握していない。しかし自由闊達に思えるトークをラジオ的に繰り広げるこの二番組には惹かれて見てしまうのだろう。ただ一つ言っておくと自由闊達と書いたが、マツコの思想に全面的に賛成しているわけではない。

よく日常会話レベルで聞く話として「マイノリティはマジョリティに所属していないだけにバランスある意見をもち、指摘することができる」がある。もう一つには「今の日本は自らの意見を率直に述べる人がいないため、テレビでズバズバ言う人が重宝される」であろうか。この二つは確かにある一面としては正しいのかもしれない。もちろんtwitterで好きなだけ皆さん、つぶやいているではないかという疑問があるが、「マスメディアを通じて」ということなのであろう。皆さん、マスコミが好きなのか嫌いなのか、よくわからない。どちらにせよ、この二つの意見を集約させて活躍しているのがマツコ・デラックスであろう。女装をするゲイという性的マイノリティが歯に衣着せぬ意見を述べていくというスタイルである。

ここで『怒り新党』の二〇一五年四月一五日放送回を紹介しよう。視聴者からの投稿で「父親が毎日帰宅後、酒を飲み、ゲームをしてばかりいる。兄の友達が来たら、その友達とゲームをし、母親が風邪をひいて寝込んでいるときもゲームばかりしていた。どうしたらゲームをやめてもらえるのか」という悩みである。投稿者は十四歳女性。中学生である。投稿の内容からは母親の体調が悪いときは、この投稿者自身が家族の食事の準備を行うそうである。繰り返すが女子中学生である。これに対する有吉・マツコの返答を要約し列挙すると「やめるのは無理。逆にそのぐらいの年齢の女子が父親にいらつくのは当然。兄の友人とゲームするなんていい父親ではないか。食事の準備ぐらい女の子ならやらなければダメ」というものであった。もちろんこの放送内で二人が言っていたように投稿者の一面的な意見ではあるため、父親のゲームをやめさせることに完全に賛成することは難しい。しかしアシスタントの夏目三久アナウンサーが食い下がっていたように、この意見は非常に厳しい。

「仕事がつらいから酒を飲む」、「父親だって風邪なのに出勤しているかもしれない」、「会社でへとへとだから酒ぐらい飲ませろ」、「十四歳野球部の坊主なら考えたかもしれないが女の子なら食事の支度ぐらいやれ」という言葉の端々から、男性は外で仕事をし、女性は家庭を担うことが大前提として脳内に存在していることがわかる。したがって同じ十四歳でも男性なら母親が倒れたときに食事の準備をする必要はないが、女性が行うべきとなっており、ジェンダー的な価値観が固定化していることがわかる。もちろん有吉が述べていたように「反抗期のやつの味方はしない」という言葉も一理あり、すべて投稿者のフィルターを通じて描かれた情報である以上、鵜呑みにすることはできないのは確かだ。しかし本来であれば十四歳という年齢、男性・女性という性別は母親が倒れた際の家事労働に関係はないはずである。ここではジェンダー的な差異が明確に存在することを、性的マイノリティであるマツコが暗に明言してしまっているのである。

要はマイノリティに属する存在であるからといって必ずしも全マイノリティを代弁するわけではなく、メジャーな思考をすることだってある。という至極単純な話である。この問題に関して最後に夏目アナが言った「ごめんなさい、力になれませんでした」という言葉からは、有吉・マツコは「反抗期の中学生 vs 仕事で疲れた大人」という構図でこの問題をとらえていたのに対し、夏目アナは「女性性 vs 男性性」というところで考えていたのではないかと痛感させられた。このズレがぎくしゃくした会話になってしまったのであろう。「性的マイノリティだからテレビに出ているタレントのように明るくふるまえるわけではない」という話はよく耳にするようになったが、この点もタレントであるからテレビ的な役割分担のなかで要求されるキャラクターを演じているという点がすっぽり抜け落ち、「性的マイノリティ」と「明るい」がイコール関係で結ばれてしまったのである。同じようなものとして「関西人が全員面白いわけではない」というのも挙げられよう。吉本新喜劇を毎週見ているような社会で育つわけなので実際、笑いの平均値は高いのかもしれない。しかし、誰もが面白いわけがないのは皆さんの周囲を眺めればわかるだろう。ただしあまり追究すると自分自身の人間関係に影響を及ぼすかもしれないので、この問題の検証には注意が必要である。

とはいうもののマッコは性的マイノリティに属していることは確かである。それは一つには女装をしているということ。ジェンダー的規範から逃れるために一番明確な手法は見た目を変化させることである。古来より変身譚は数多く存在し、精神面と肉体面を変容させること、もしくは同化や異化を起こさせるためなど多くの面で描かれてきた（例えばカリトン・アマン『歪む身体―現代女性作家の変身譚』専修大学出版局、二〇〇〇年）。これは別にジェンダー的な問題に落とし込むまでもなく、様々な物語で変身はモチーフとして取り上げられている。例えば藤子・F・不二雄の『パーマン』（小学館、一九六七年）では主人公の須羽《すわ》ミツ夫は勉強ができず、運動も苦手、ガキ大将のカバ夫に喧嘩で勝てないというさえない小学生であるが、たまたま出会ったバードマンに授けられたマスク、マント、バッジの力によりパーマンに変身し、高速で空を飛び、怪力を得るようになる。ここではあらゆる面で能力不足の小学生が、道具を使うことにより、不足を補って余りある能力を身につけるという典型的な変身譚が描かれている。特に漫画やアニメなどエンターテイメント作品においては魔法少女のように道具を使用した変身譚は数多く存在しており、『パーマン』だけが一つ抜きんでた作品というわけではない。しかし最初の連載が一九六〇年代に行われていたということを考えると漫画作品としては、かなり先駆的な内容であることは確かだ。そして元ネタの一つである漫画『スーパーマン』（一九三八年）（パーマンは一人前になると「スー」がつくというのが初期設定）と比べると、気弱で能力値の低い少年が変身することで、正義感があふれ怪力を駆使し活躍するという外側が変化することで内面もまた変化していくという構図を強く押し出している点が一つの特徴である。

しばしば変身は境界を超えていく。輪郭の変化により内面も変化していくという構図はジェンダー問題を描き出す際に多く使われ、女性が男性に、男性が女性にと外面を変化させていくことで諸問題を浮き上がらせていく。その際、先駆的な作品として研究上、よく取り上げられるのが手塚治虫の『リボンの騎士』（一九五三年から一九六七年にかけて断続的に複数の雑誌で連載）であり、テレビアニメの『少女革命ウテナ』になる（例えば押山美知子『少女マンガジェンダー表象論―〈男装の少女〉の造形とアイデンティティ』彩流社、二〇〇七年や佐伯順子『「女装と男装」の文化史』講談社、二〇〇九年）。『リボンの騎士』の場合は、天使のいたずらにより生まれながらに男の心と女の心をもって生まれたサファイアが、身体は女性ながら普段は男装し王子として活動する物語である。この作品は確かに男装の女性が活躍するという意味では一見するとジェンダーカテゴリーに対し疑義を提示しているかのように思える。しかしながらサファ

「少女革命ウテナ」 J.C.STAFF 制作　1997 年

少女革命ウテナ Complete Blu-ray BOX（初回限定版）
価格：¥37,000 ＋税
発売日：大好評発売中
発売・販売元：キングレコード
© ビーパパス・さいとうちほ／小学館・少革委員会・テレビ東京
©1999　少女革命ウテナ製作委員会

イアが男装しているのは自らの意思ではなく国のためという他者による強制であるし、日常的にはドレスを身につけるなど女性的とされる格好をしていることからも、実はジェンダー構造をひっくり返しているわけではない。もちろんジェンダー的な揺れ動きのなかで悩むサイファイア像は脱構築的であるとすることは可能かもしれない。この点、自覚的に男装をしているのは『少女革命ウテナ』の主人公天上《てんじょう》ウテナである。

ウテナが男装をしている理由は他者や状況による影響や強制によるものではなく、自分自身が動きやすいからという個人的なものである。しかし、動きやすいから男性の制服を着ていることは理屈としては理解できるが、それでは自称が「ボク」であることや目指す存在が「王子さま」であることの理由とはなりにくい。つまり彼女自身のメンタリティに大きく依拠して男装を行っていることになる。そして物語は生徒会の決闘の勝者に従う「バラの花嫁」である姫宮アンシーを解放することに少なくとも序盤の段階では主眼が置かれている。つまり既存の英雄譚などで描かれる基本的な構図は、男性の王子さまがとらわれの姫君を助けるというものであるのに対して、この作品では女性の王子さまがとらわれの女性を助けるものに変換されている。女優・声優である春名風花が朝日小学生新聞（二〇一七年三月八日付）でウテナにより自称のジェンダーバイアスに気づいたと述べているように、この作品はウテナの行動・所作すべてが既存の物語におけるジェンダーの問題点を暴き出している。彼女が「ボク」を自称として使い、女性を助けるために剣をふるう。ただそれだけで物語は光り輝いていくのだ。

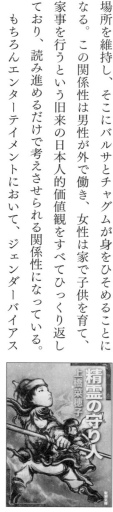

男装ではないが同じようにジェンダーにおける問題点を裏テーマのように読者に考えさせる作品が上橋菜穂子の『精霊の守《も》り人《びと》』である。この守り人シリーズの最初の物語になる『精霊の守り人』は女性であり用心棒である主人公バルサが、第二皇子チャグムを守りながら逃避行をする顛末が描かれる。この物語でポイントなのはチャグムが水の精霊の卵を体に宿していた点である。この点からチャグムの父親である皇帝に問題視され、狙われてしまう。新ヨゴ皇国の建国は初代皇帝であるトロガイが水妖を退治したとされているため、その卵を宿したチャグムは皇帝の権威を低下させる存在となってしまったわけである。さらには水妖の卵は異界であるナユグの怪物たちからも狙われることになってしまい、この両方の勢力からバルサはチャグムを守る必要に迫られてしまった。この関係を整理すると男性であるチャグムが卵を宿し、女性であるバルサがチャグムを守る。さらには男性である呪術師のタンダが戦いに傷ついたバルサの傷を癒し、帰る場所を維持し、そこにバルサとチャグムが身をひそめることになる。この関係性は男性が外で働き、女性は家で子供を育て、家事を行うという旧来の日本人的価値観をすべてひっくり返しており、読み進めるだけで考えさせられる関係性になっている。

『精霊の守り人』 上橋菜穂子 新潮文庫刊 2007年

もちろんエンターテイメントにおいて、ジェンダーバイアスを明らかにすることが必ずしも主眼ではない場合は多い。既述の『少女革命ウテナ』にしろ『精霊の守り人』にしろ、男女の社会的な役割を大きなテーマとして掲げているわけではない。例えばゲーム、アニメ、テレビドラマとメディアミックス展開をし大ヒットした葉鳥ビスコの漫画『桜蘭高校ホスト部』（白泉社、全十八巻、二〇〇三〜一一年）では主人公の藤岡ハルヒが「どうも自分で男とか女の意識が人より低いらしくて、外見にも興味ないし」と第一話で述べているように外見やその他ジェンダー的な価値観が希薄であることが根底には存在する。また山中ヒコの『王子様と灰色の日々』（講談社、全四巻、二〇一一〜一三年）では主人公の大川敦子は、突如、姿を消した金持ちの御曹司と瓜二つであったために男装して周囲をごまかすバイトを始めたが、この初発の動機も御曹司の幼なじみにほんの少し恋愛心があったからであり、男性であることと女性であることへの疑問を提示しているわけではない。イケメンパラダイスという言葉が一人歩きしたほどテレビドラマとして大ヒットした中条比紗也《なかじょうひさや》の『花ざかりの君たちへ』（白泉社、全二十三巻、一九九七〜二〇〇四年）も同様に主人公の芦屋瑞稀《みずき》が男装する理由は好きな男性がいる男子校に入学するためである。そこに存在するであろうジェンダーバイアスを気にかける様子はない。

もちろんこの背景にはアジア太平洋戦争以前よりヒットしていた少女小説における男装の麗人と同時期に同じく流行していた宝塚歌劇団（一九一三年〜）や松竹歌劇団（一九二八〜九六年）などの影響が土台として存在する。そして一九八〇年代以降、少女小説や「やおい」、「JUNE」などの多様な文化の普遍化によりテレビドラマなど一般化可能なメディア展開にまで至っている（例えば今田絵里香『「少女」の社会史』勁草書房、二〇〇七年、東園子『宝塚・やおい、愛の読み替え―女性とポピュラーカルチャーの社会学』新曜社、二〇一六年、嵯峨景子『コバルト文庫で辿る少女小説変遷史』彩流社、二〇一六年など）。そのうえで現在の様々な作品をみていくとジェンダー的な問題に焦点を当てたものが垣間見られるようになってきている。しかし近年の少女漫画などでは「男装の少女」が完全に記号化され消費の対象と化しており、既存の物語が展開していたようなジェンダーに対する大きな疑義を提示するまでには至っていないという指摘がある（前掲押山二〇〇七）。この点は男性向けの作品群でも同様の状況といえる。いや加速しているとすべきかもしれない。

山中恒《ひさし》の児童文学『おれがあいつであいつがおれで』（小6時代、一九七九～八〇年連載）が一九八〇年前後に連載され、その後、大林宣彦監督により『転校生』として映画化されたのが一九八二年である。男性が女性に、女性が男性に変化するというTSF（Transsexual Fiction）と今は巷間で呼ばれる一ジャンルの先駆けとして名高い。その後、八〇年代後半からは高橋留美子の『らんま1／2』（全三十八巻、小学館、一九八七～九六年）やあろひろしの『ふたば君チェンジ』（全八巻、集英社、一九九一～九七年）などのヒットにより、男性向け作品では男性が女性へと変化する物語が多く描かれることへとつながっていく。TSF自体の定義が学術研究により規定されていったものではなく、ファンにより構築されていった概念であるため男性が女性に変化すること、女性が男性に変化すること、男女間で入れ替わること、異性の意識が憑依することなど複数の概念が混在していることは事実である。しかし性同一性障害、女装や男装、異世界転生などは範疇には入らないとされており、物語の主人公が先天的に獲得している価値観や状況に依拠するものは概念的には別のものとされているようだ。もちろん古典文学の「とりかえばや物語」を挙げるまでもなく、神話や英雄譚において性差の問題が取り上げられる場合が多く、近年のエンタメにのみ表出する概念ではない。

　さてこの男性が女性になるという点はラブコメと相性が良い。基本的に男性が女性になったところで、多くの作品は社会構造の変化が連動して起きているわけではない。そしてさらには半径数メートルの範囲内においてもすべてが自明の出来事として受け入れられているわけではない。男性が女性になることにより様々な軋轢を生み出し、それが社会的な問題を浮き上がらせるだけではなく狭い範囲内での人間関係をも変質させていくことにつながるのだ。つまりはこれまでよく知っていた同級生の男が突然、女の子になり、周囲の接し方は変わらないのに、男性側から女性への接し方がわからずに悩むという感じである。その意味において『かしまし～ガール・ミーツ・ガール～』（あかほりさとる原作）は特異な作品といえる。二〇〇四年に漫画連載が開始し、二〇〇六年にはアニ

『かしまし～ガール・ミーツ・ガール～』DVD-BOX　バンダイビジュアル　2006年

メ化、小説化、ゲーム化とメディアミックス展開されたこの作品は、主人公の大佛《おさらぎ》はずむが宇宙人の事故に巻き込まれ再生治療が行われるも、手違いにより性別が男性から女性へと転換した状態で回復してしまうところから物語が始まる。そのはずむが男性のときに告白した女性が神泉《かみいずみ》やす菜であるが、彼女は自分自身の抱えている「男性の顔を認識することができない」という障害によりはずむを振ってしまう。しかし女性になったはずむを認識できるようになることで好意を抱き始める。そしてはずむの幼なじみであり、姉弟のように育ってきた来栖《くるす》とまりは、やす菜がはずむに近づくのをみて、初めて自分自身がはずむのことが好きだったと気づくことになる。という女性のみで三角関係が構築されている点が、この作品の一番の特徴である。つまり男性が女性になることにより周囲に湧き起こる男性視点の混乱が、この作品では削除されている。

当たり前のことであるが、男性向け作品の多くは結局のところ男性の視点で性転換が語られることが多い。『かしまし』だとて、主人公のはずむはもともと男性であったために、服装から所作、行動様式に至るまで多くのことを理解していない。その理解へのアプローチ自体が一つの面白さを生み出しており、逆にいうと男性的な視点を保持しているともいえる。とはいえ、体と心が不一致になること、それ自体を物語上の面白さにつなげるのではなく、悩みとして描いているのが吉富昭仁の『バランスポリシー』(少年画報社、全二巻、二〇一二~二〇一四年)である。この作品では少子化が進み、女性の出生率が大きく下がってしまった未来を描いている。その状況を打破するために日本政府は適合する男性を女性へと転換する男女均衡政策を打ち出し、主人公の真臣の幼なじみである健二はその適合者として徴収されて一年間の入院を経て、女性になって故郷に戻ってくる。皮膚から骨格に至るまで肉体的には完全に女性になった健二は、当然ながら外見以外はそのままだという自己認識をしているが、周囲はそうはいかない。「相変わらずだなぁ、なんか……健二っぽくて安心したよ」、「健二っぽいんじゃなくて…俺は健二なんだよ」（本書一巻五〇ページ）という真臣と健二のやり取りからわかるように、些末な差異が健二にのしかかってくる。そしてこの物語は主人公真臣の視点で進むために、作品内で描かれる健二はすべて真臣の目線で切り取られていく。それは時に性的な視線であり、それにからめとられている健二は「そりゃー身体は変わったけど、中身は変わってねえ。俺に言わせりゃ変わったのはおまえらの方だ。親は、よその子見るみたいな目で見てくるし…真臣だってそうだ。俺から言わせりゃ、今までの真臣はどっか行っちまった」（同書二巻、七二・七三ページ）と周囲との違和感を受け入れることができない。結局のところ様々な技術や法制度が整備されたところで、それを運用している人々の認識が変化したわけではない。それでも健二自身だけではなく、周囲の人々もまた変化を受け入れようと少しずつ尽力はしている。それは必ずしも成功はしていないかもしれないし、相互理解が上手くいっていないかもしれない。でも描かれる苦悩は本物であろう。この作品は政府により強制的に性転換が行われているが、ここで描かれる苦しみや悩みは物語であるがゆえに大きく描かれているにも関わらず普遍化も可能である。最後に主人公の姉の話も出てくるが、それに対して「きっと苦しかっただろうね…」（本書二巻一四六ページ）と他者は述べる。物語自体は終息しても、性と社会の関係の悩みは解消されていくことはない。

すでに気づいているであろうが、男性から女性へ性転換した物語の多くに登場するキャラクターは、性転換した元男性の幼なじみの男性である。つまりこれまでは友情をはぐくんできたキャラが、突然異性になったことでこれまで通りの接し方をすると大きな違和感を覚えるキャラクターになる。このような男性はメインが女性キャラのみで構成される『かしまし』ですら存在しており、「男性同士だからこれまで通りで」のような理屈で胸を触ろうとするなどしてほかの女性に殴られるというギャグのために使用されている。このようにギャグとして消化される場合も多いが、幼なじみが設定されるにはもちろん理由がある。一つには性転換したキャラクターへの理解度が高いという点である。つまりいきなりの変化を受け入れる最初の一人であり、変化したキャラクターが周囲に適応していくための橋渡しを行う必要がある。この点は変化したことを隠さない『かしまし』や『バランスポリシー』でも当然存在し、変化したことをひた隠しにして日常生活を行おうとする杉戸アキラの『ボクガール』（集英社、全十一巻、二〇一四～一六年）でも幼なじみは活用されている。そしてもう一つの理由は幼なじみが近い存在であるがゆえに、恋愛などの特別な関係に陥ることが比較的容易であるということ。これは『かしまし』における「とまり」

であり、『バランスポリシー』の主人公であり、『ボクガール』における一文字猛《いちもんじたける》である。つまり幼なじみであることは、一番の理解者になりえる存在であり、その存在を通じて性転換者は複数の人間へのアプローチが可能になっていく。そして逆にいうと幼なじみへと大きく依拠していく姿勢は、ラブコメという物語では多くの場合、恋愛関係に陥っていくことになる。

第十五章

我が家の幼なじみさま。

――またはこれは言ってみりゃ「擬人化・境界・団地」――

気づいたらしていたというのは人間が嗜好をもつ以上は、ままありうることだと思う。嗜好のおもむく先が酒や煙草であったり、菓子や甘味であったり、映像作品を延々と視聴したり、好きなロックバンドをリピートして聞いたりと五感に訴えるものに関しては中毒性を伴う。というより中毒性を認識しながらも抜け出さない（抜け出せない）のが人間なのかもしれない。私も同じ楽曲を聞き続けるということは往々にして行っており、二〇一七年四月は藤原さくらの「春の歌」を延々とリピートして、脳内ランキング第一位を独占していた。カヴァー曲はオリジナルを超えることはないだろうという先入観をもっていたため、どれだけ徳永英明がカヴァーを手がけてヒットしようとも手をのばすことはなかったのだが、世の中いろいろなことが起こる。偶然にも聞いてしまった藤原さくら版「春の歌」は本家のスピッツがもちえなかった洒脱さや肩の力が抜けた雰囲気を見事に表現しており、バンド形態および男性ボーカルでは成し遂げられなかったポイントを見事に突き、彼女自身の特性を理解しまとめあげてきたプロの仕事であった。

職住接近に関しては多様な意見を聞くが、私個人としては近いことにより通勤時間が短縮されたことが、プラスの側面としてまずは挙げられる。そしてマイナス面としては通勤時間が短縮されてしまったことになる。同じことではないかとお思いだろうが、物事は常に表裏一体なのだ。どこが不満なのかというと、東京で仕事をしていたときは通勤電車にだいたい一時間程度は揺られていたため、電車内では録音したラジオを聞いたり、気になっている小説を読んだり、仕事で使う論文を読んだりしていた。つまり大きなインプットの時間として生活リズムに組み込まれていたのだ。しかし、今の大学に赴任し、職住接近すると二十分ぐらい歩けば職場についてしまう。これでは二時間の深夜ラジオを往復で聞き終わるということがない。それどころか数日かけて、ようやくラジオ番組が一つ聞き終わる計算である。しかし深夜ラジオを毎日のように録音している身としては次々にたまっていく録音データをただ眺めるだけになってしまう。家やプライベートな時間で聞けばいいではないかという意見もあるだろうが、その習慣はないのだ。ルーティーンの再構築が求められているが、学生時代を含めると十年以上かけて作り上げてきた習慣を壊して最適化することはかなり面倒である。そして何をするのかというと藤原さくらの「春の歌」を延々と聞くことになる。

二〇一七年初頭、まさかの大ヒットアニメが登場した。『けものフレンズ』（監督：たつき、アニメーション制作：ヤオヨロズ）である。多くの人は放送前にこの作品が、様々なメディアを巻き込む大ヒットになっていくなど想像はできなかったであろう。なぜならメディアミックスを前提としてプロジェクトがスタートしたが、二〇一五年三月にスタートしたスマホ向けゲームは二〇一六年十二月をもって終了してしまった。そう、二〇一七年一月から始まったアニメ版『けものフレンズ』はメディアミックス展開のなかで盛り上がる予定が、放送前にゲーム版が終了しているという大きなハンデを背負った状況だったのである。しかし世の中何が起きるかわからない。一話を見始めた私も、当然、同時期に始まったほかの作品と区別することなく「まずは見よう」という姿勢でしかなく、見終わったあとも「どこか優しい世界」という漠然とした認識しかもちえなかった。それでも二話を見てしまう。気づいたら三話。ロードムービー風の単純なストーリーで悩むことのない物語構成である。その単純さがいけなかった。三話まで見続けているにもかかわらず、まだ自分自身はこの作品にはまっていないという確固たる考えのもとで見ているのだ。もうすでに抜け出せないほどに作品に没入してしまっているのは後からわかることである。まさしく中毒症状。

何がここまで私を惹きつけてしまったのであろうか。一つには先述のようにストレートな物語構成である。主人公は物語のスタート時点では自分が何者なのか、そもそも何の動物なのかすらわからない状況に陥っている。そのためその場にいたサーバルキャットのフレンズ(サンドスターと呼ばれる謎のエネルギー体に動物が当たると、動物の習性を残したまま、「フレンズ」と呼ばれる人間の女性の姿になる）であるサーバルちゃんにより、かばんを背負っているからかばんちゃんと命名されるところから始まる。そして自らのアイデンティティすら判別できない状況を解消すべく、サーバルちゃんのすすめで図書館へと向かうことになる。主人公は右も左もわからないどころか、自分の存在自体、そして何をすべきなのかすらわかっていないという欠乏状態にスタート地点では置かれている。ここからまずは自分自身の把握という大きな目標のために動き出し、移動のための手段確保という目の前の目標が設定されていく。それによりかばんちゃんとサーバルちゃんの二人が図書館へと向かう道中で、様々なフレンズたちの助力を借りながら目の前の困難を乗り越えていくという一本道のロードムービーが描かれることになる。

ただそれだけの物語ならば、ここまで心に刻み込まれることはなかったであろう。何せ、行く先々で至極単純な（という解釈が本当は違うのだが）困難に直面し、それを知性と様々なフレンズの能力とで乗り越えていくという物語スタイルである。ああ、単純すぎる。これをそのままプロットとして提出されたら、書き直しを命じてしまうほどだ。しかし、ここでアニメというメディア特性が大いに活かされていく。かばんちゃん自身は自らが何者なのかを把握できていないが、視聴者は人間であることを理解している。そして主人公たちの視界に入るも、それが何なのか理解していないために認識の外に置かれている様々な物体そのすべてが、彼女らがいる世界が人工的なものであり、何らかの理由により廃棄されたか崩壊したことを示唆している。それは主人公たちは人間の文化を把握していない（何より人間を認識していない）ため、移動する道すがら存在するものに対して素通りの場合があっても、アニメとしては主人公が通ると必然的に画面内に映し出されていく。そして、それはもともとが何であるのか、そしてそれなりの年月を経ている状況だということが、人間である我々にはわかってしまう。彼女らが動けば動くほどディストピア的世界観が認識として広がっていくのだ。

「すごーい！」「たのしー！」に代表される常に前向きなセリフや価値観でフレンズたちは生活し、フレンズになった時点でジャパリまんと呼ばれるジャパリパーク内で生産されている食料を食べることにより自然界における捕食関係から解き放たれている。食料は自動的になのか、誰か担当のフレンズにより生産が行われているのか判然としないが、栄養と生産が調整されていることが、フレンズの言葉の端々で理解できる。つまりポジティブに彩られた世界観は必ずしも自然界をそのままバックボーンにしているわけではなく、人工的に形作られた社会構造により均一化が行われている。もしくは志向していないにもかかわらず結果として主体性なく均一化されてしまっている。恐らくパークのガイドを担当しているロボット（正式名称は「ラッキービースト」。かばんちゃんは「ラッキーさん」と呼ぶが、ほかのフレンズは「ボス」と呼ぶ）が人間のいなくなったあとも、パークの維持を機械的に行っていると推測されるが、それ自体がディストピアとしかいえない。人間のいなくなった世界で人間が作り上げたシステムによりフレンズたちが生活しているのだ。

しかし裏返すとジャパリまんもフレンズたちにより物々交換のアイテムとして活用されている面がみられるように、人間なきあとフレンズたちによる文化圏の形成がみられる。もちろん各フレンズたち自体が元の動物の習性を残している点からもすべてがのっぺりと同一化されているわけではない。カフェの経営を行ったり（客が来ていなかったが……）、アイドル活動を行ったりと資本主義的な世界観を持ち込みながら、人間的な社会形成が内発的に行われるようになっている。つまり単純な物語構成や登場人物たちのポジティブな価値観が入口となりスムーズに作品の世界観へと没入していくことができるが、様々な箇所に仕掛けられた深読み可能な情報を視聴者は否応もなく飲み込んでいくことになる。それを咀嚼していくことにより、気づいたら作品にのめり込み、フレンズになっているのである。

「けものフレンズ」は、これまでのオタク的文化ではよくみられていた人間が獣耳をしているなどの文脈とは違い、獣が人間になっているとされている。つまり萌え文化との密接な連続性を見出すことは、あまり有意義ではない。しかし「けものフレンズ」が特別な作品と意義付けてしまうわけにはいかない。人間の視界に入る存在であり、しかし人間社会のなかに内包しえないものを擬人化することは古来より普遍的に行われてきた活動ということはできる（伊藤慎吾編『妖怪・憑依・擬人化の文化史』笠間書院、二〇一六年）。利根川を坂東太郎と呼ぶように、狐や狸を人間をだます存在とするように、妖怪も神もすべてが人間的な世界観のなかで表現されていく。しかしながら、どれだけ擬人化しようとも、違う価値観や認識・空間に存在するものと人間的な文化空間とを簡単に直線的に結ぶことは可能なのだろうか。完全なる他者をいかにして認識していくのかという問題は、人間としては極めてオーソドックスなコミュニケーションといえるかもしれない。しかし相手が自然現象であったり、怪異現象であったりするなど、まず根本的に現象である以上は具体的な共通認識へとつなげることが大きな労力であったりする。もちろんその壁を突破するのが擬人化であり、妖怪や神という概念を成立させ、内包していくことであろう。そして次の段階としては現象が表象へと変化してしまうことが想定される。例えば川における事故などが多発したことに対し、河童というキャラクターを作り上げ、人々が共有していく。すると今度は河童という存在が前提となり、語りや文字により残されていく（香川雅信「伝承から表象へ　現代妖怪イメージの起源」『ユリイカ』四八巻九号、二〇一六年）。

表象となった存在が、そのまますぐに人間を共存できる存在として認識することは可能なのだろうか。妖怪と人間とはわかり合えない。神と人間とはわかり合えない。このような価値観は大前提として物語でよく描かれている。何より今の日本人の妖怪観を作り上げた水木しげる作品において、妖怪と人間との間に走る違いは絶対的なものとして描かれている。だからこそ半妖の鬼太郎は人間と妖怪との共存を目指し戦うのであり、『ゲゲゲの鬼太郎』（週刊少年マガジンほか、一九六五〜九七年連載）の前身である『墓場鬼太郎』（兎月書房、一九六〇年）でも埋められない溝を認識している。しかし、ここからエンターテイメントとして描くこと、物語として描くことが前景化してくると、根本として存在するはずの要素がくびきとして機能せず表象のみが中心化してくる。その段階になった際、ようやく人間とは共有できない異界の存在が人間の範疇へと入ってくることになるのではないか。だからこそサーバルちゃんが「すごーい！」と言っていることに、てらいもなく共感し、戦艦を女性化した『艦隊これくしょん—艦これ—』（角川ゲームズが二〇一三年からメディアミックス展開）でも数多くの物語が共有されていく。そして実際に存在したはずの作家たちですら、『文豪ストレイドッグス』（朝霧カフカ原作・春河35《はるかわさんご》作画、KADOKAWA、二〇一三〜一七年八月時点で一三巻）や『文豪とアルケミスト』（DMM.comが二〇一六年からブラウザゲーム配信）により実際の人物とは別に作品内のキャラクターとして昇華されていく。

境界を超えていく。これは通常では容易に行えるものではない。文化や言語、生活空間、自然環境、社会構造、様々なものが違う状況下で、それでも何かに対する認識を共有していくことになるが、それはやはり困難というほかない。しかし、物語はそれを軽く越えていくことができる。染屋カイコの『かみあり』（一迅社、二〇〇九〜一七年五月時点で七巻）や浅葉なつの『神様の御用人』（メディアワークス文庫、二〇一三〜一七年五月時点で六巻）はその典型であり、神と人という本来であれば相容れない存在が、認識という垣根を気にすることなく行動をともにしていく。もちろん互いに違う存在であることはわかってはいるのだが、例えば『かみあり』の主人公千林幸子《せんばやしさちこ》は関西地域から島根へと引っ越してきた高校生だが、神在月になり神が一般の人間と同様に行動しているのを目の当たりにして最初は「頭おかしなってしもうたんやろか、あたし……」（同書一巻四ページ）という状況だったにもかかわらず、一度、外に出たら「町中がこんなんやったら、コスプレしてる人がおっても判らんな！」（同書八ページ）とあっさり受け入れている。これはやはり主人公が神を神とは思わない、とまではいかないが、神と人との間の境界線に対する認識が非常に弱いことが物語を動かしていく際に大きく作用している。つまり主人公の幸子が神を神として崇め奉り、何かあった際にためらっているようでは物語はまったく面白く転がっていかないのである。これは『神様の御用人』も同様で、主人公の萩原良彦が神の願い事を聞いていく御用人に任じられるが、最初に出会った神である方位神の狐に対し、神ではあるが神とは思えない対応をしている。何せ、抹茶パフェを取り合っているのだ。

とはいえこの境界を超えるだけであれば、現代のエンターテイメントの専売特許ではない。雪女でも鶴の恩返しでもよいが、異類婚姻譚は全国各地に物語として普遍化されている。つまり境界を超える行動が自覚的であるが無自覚であるかの違いはあれど、婚姻関係を結ぶことが物語として選択されている。ただし伝統的な異類婚姻譚での一番の特徴は禁止事項があり、それを破ることでバッドエンドを迎える傾向にある。つまり物語として境界を超えていく選択をした場合、ハッピーエンドに帰結していくことは少ないことになる。これに対して二〇〇〇年代以降のエンターテイメント作品で異類婚姻譚が描かれる場合、ハッピーエンドを迎えることが多くなったと指摘されている（出口弘「絵双紙から漫画・アニメ・ライトノベルまで―日常性の再構築のメディアとしての日本型コンテンツ」横幹〈知の統合〉シリーズ編集委員会編『カワイイ文化とテクノロジーの隠れた関係』東京電機大学出版局、二〇一六年）。これは文倉凍砂《はせくらいすな》『狼と香辛料』（電撃文庫、二〇〇六～一七年五月時点で一九巻）や岩本ナオ『町でうわさの天狗の子』（小学館、全十二巻、二〇〇七～一四年）、桜小路かのこ『BLACK BIRD』（小学館、全十八巻、二〇〇七～一三年）、越谷《こしがや》オサム『陽だまりの彼女』（新潮文庫、二〇一一年）と挙げていけばきりがないが、ほとんどの作品では結末は前向きな心情が描かれる傾向にあることは確かにいえる。

小玉ユキの漫画『羽衣ミシン』は鶴の恩返しをモチーフにした作品である。鶴の恩返しは、主人公が助けた鶴が女性に化けて彼の家を訪れ、自らの出自を隠したまま機織りを行い、そこで作り上げられた反物が評判を呼ぶも、彼に自らが鶴であることがばれてしまい、結果として別離というバッドエンドへと至る物語である。これに対し、小玉作品では最初からヒロインが「私、今朝、命を救っていただいた白鳥です。すごく、うれしかったから、どうしても恩返しがしたくて、陽一さんを一日中追いかけて、ここにたどり着いたんです」（同書三〇・三一ページ）と発言するように、禁止事項が物語の初発の段階から存在しない。つまり伝説や伝承では当然のように描かれていた主人公側の侵す禁忌が、この物語には存在しないのだ。そのために物語は重層的になっていく。

タイトルの羽衣、そしてヒロインが鶴ではなく白鳥であることからもわかるように羽衣伝説・白鳥伝説をさらなるバックボーンとして活用している。本来、白鳥伝説は様々な政治的・権力的な背景を映し出すことになるのだが（平川新『伝説のなかの神―天皇と異端の近世史』吉川弘文館、一九九三年）、この物語は主人公の幼なじみである同級生の男女への影響としてあらわれてくる。ヒロインが鶴の恩返しのようにミシンを使って作り出す作品が、同級生たちのクリエーターとしてのプライドと恋愛関係に大きな変化を与えていき、物語が立ち上がってくる。さて、この物語の創作上、大きなポイントとなってくるのは、物語の拡散には成功したが収拾をどうするのかという点である。白鳥のヒロインは羽衣を羽織っているが、それを主人公は隠すことはしない。そのため羽衣伝説としても禁止事項を破ることで、大きな物語の駆動を生み出すことができない。したがって最終的には流れるように白鳥に戻ったヒロインは渡り鳥として北方へと戻るが、レンジの広い数世代にわたる未来へと希望をもたせる終わりをみせることになる。つまり徹底的にバッドエンドを避けているのだ。

異類婚姻譚を代表とするような別の世界、異界や異域との交流・共存は、境界を超えることに苦労と痛みが伴うも、物語を描くうえでは境界線をやすやすと超えていくことができる。境界線を超えることで被《こうむ》ってしまう痛みや苦しみ

『羽衣ミシン』 小玉ユキ 小学館 2007年
©小玉ユキ／小学館

を嫌がってしまうキャラクターは、そもそも物語の主人公として扱いにくいということもできる。その意味もあるのか、もしくは現実世界の多様性に対する認識の変化を反映しているのか、近年ではバッドエンドではなくハッピーエンドへと至る異類婚姻譚が増えるようになった。つまりは境界線を超えることへの魅力は、自らの所属する文化圏外の未知の存在や価値観を味わえることに依拠している。つまり安定を志向することは、ある程度の人間の欲求としては想定しうるものであり、そこからの逸脱を求めることもまた想定できる欲求であろう。他者関係や他者認識を考えていくにおいては、境界性が一つのジレンマとして眼前に浮き上がってくる。逆にいうと、この境界性を極力排していったのがフィクション上の存在としての幼なじみということができる。

地理的な空間および文化的な背景を共有することは、同じ言語を有する地域に育ち、極めて近い場所で幼少より育つ必要がある。それはもちろん一軒家で隣同士ということでもよいが、意図せずして同じ建物内で生活し、地域空間を共有していく存在として団地を挙げることができる。団地の場合、ある程度、家賃が均一化されており、それを支払うことができる家計、職場からの距離、子供が通う学校からの距離、買い物をする商店街やスーパー、遊び場や散歩道と経済関係や社会関係、生活空間、学習空間と人間一人が大きくなる間に必ず経験していく事象のほとんどを内包している。もちろん団地の背景として、生活をしている人々は無邪気に団地に引っ越してきただけではなく、戦後日本における政治的な問題が団地に導入されているケースもある（原武史『団地の空間政治学』NHK出版、二〇一二年）。団地は一九五〇年代以降、様々な場所で建設されていったが、新興住宅街としてのあこがれとともに密室性の高まった建築物であるために、イメージとして政治性と性的な人間関係が付与されていくことになる。これは横溝正史が『白と黒』（角川書店、一九七四年）という団地の密閉空間を利用した探偵小説を書き上げたことや、映画において数多くのロマンポルノ作品が制作されたことを例として挙げることができる。

しかし時間経過は残酷なもので、戦後日本において数多く建てられた団地は今となってはゴーストタウンとしてニュースになるか、阿佐ヶ谷住宅のように完全撤去されているかであり、往年の存在価値はなくなっている。裏返せば、その特殊性を忘れうるだけの年月を団地は経てしまい、歴史的な存在になってしまったということもできる。そして物語として団地を舞台とする場合、現在ではそのノスタルジーとの戦いもまた考慮せねばならない。団地を団地としてフラットにとらえるのではなく、住んだことはないが懐かしさを感じるという対象になってしまったことになる。昭和期の記憶やノスタルジーを背負ってしまった存在になると、団地として実態や機能、歴史的事実とは乖離した極端なイメージが先行してしまう。団地は面倒な存在となってしまった。そしてこの面倒な団地という存在に挑んだ作品が今井哲也の漫画『ぼくらのよあけ』である。

『ぼくらのよあけ』は一九五八年に竣工し、二〇一三年から二〇一四年にかけて取り壊された阿佐ヶ谷住宅を舞台にした、二〇三八年の近未来の物語である。小学生である主人公のゆうまをみても、オートボットと呼ばれる家庭用ロボに朝、起こされ、学校ではタブレットで出欠を取り、資料を配付し、ホログラムを見せながら授業が行われる。帰宅後に友人たちと遊ぶゲームも、ヘッドマウントディスプレイを装着したVRのものであり、オンライン対戦が前提となっている。このように生活のなかに入り込む機器は明らかに近未来の世界観を有しているが、これが作品としては非常に素晴らしいアクセントとして活用されている。主人公のゆうまたちの行動は、例えば団地の階段を何段で下りることができるかを競い合ったり、友人の家に集まってゲームをしたりするなど読者が子供のころにしていたであろう遊びが描かれている。これは近未来を舞台にした以上は、移動を人間の足でしないことやそもそも登校せずに授業を自宅で受けられ、物理的に集まることなくオンライン上に集合してゲームをしても問題ないはずである。しかし、創作上の選択として安易にそうならないのは、すでに現実世界では解体された阿佐ヶ谷住宅を舞台にしている以上は否応なくノスタルジーが強くなってしまう作品だからである。団地に紐づくノスタルジーをすべて排除していくと、読者との齟齬が大きくなっていくだけになってしまう。しかしノスタルジーのみが、この作品の主題であるかというと決してそうではない。作品の本質の一つを担っているだろうが、誰もが経験した少年期の記憶を誘発するだけではなく、誰もがあこがれた冒険譚もまた、この作品

『ぼくらのよあけ』全２巻　今井哲也　講談社　2011年

の物語が稼働する大きな要素となっている。そしてその部分を担っているのが近未来であるという点である。

オートボットをめぐる物語は（詳細を書くとネタバレになるので省くが）、小学生たちが行う冒険とは思えないほどのスケールの大きさを示している。団地を舞台にし、誰もが経験した小学生時代へのノスタルジーという時間軸としては過去を示す志向性とともに、宇宙規模の冒険という未来への志向性の強い物語が描かれることで、単純なノスタルジーに浸るだけの物語ではなく、より立体的なSF作品へと昇華していくのである。ベクトルの違う二つを掛け合わせることで、これまでにない素晴らしい物語を構築していった今井哲也は、二〇一二年から連載している漫画『アリスと蔵六』（徳間書店、二〇一三～一七年五月時点で八巻）では、さらにスケールアップした物語を描き続け、二〇一七年にはアニメ化されている。

空間と時間が共有されるという意味では団地という場所は極めて特異な場所である。その意味において『ぼくらのよあけ』は、人々の関係性が団地で結びつき、進学・就職などでその関係性に変化があっても、またどこかで邂逅するという一連の流れが、実は現役の小学生である主人公たちとは別のレイヤーとして背景化されている。この複合的な物語を世代を超えて描くことが違和感なくできるのも団地という場所の特性であろう。そしてその特性は団地が世代を超えて形成されているという幻想が、未来にまで続いているという虚構性に依拠している。団地は誰かにとっての生まれ故郷であり、誰かと出会い、ともに育った場所であり、二世代にわたって経験する場所かもしれない。しかし、そのすべてが虚構の産物であることはすでに解体されている阿佐ヶ谷住宅を舞台にしている時点で認識可能だが、逆に近未来を描いたSFであることがその違和感を消し去っている。したがって、この作品を読んで、ゆうまたちは変わることなく団地に住み続け、幼なじみとなり、大きくなっても関係が続いていたり、切れていたりと様々な様相をみせるだろうと思えてしまう。団地を舞台にしたことで、時間の志向性を操作し、物語とキャラクターの重層性を見事に提示しているのである。

第十六章

「ただの幼なじみには興味ありません」

――またはこれは言ってみりゃ「空間の超越と幼なじみ」――

二〇一七年五月十日にMr.Children（通称ミスチル）が「Mr.Children 1992-2002 Thanksgiving 25」、「Mr.Children 2003-2015 Thanksgiving 25」の二枚のベストアルバムをリリースした。中学生のころから聞き続けているため、ミスチルの多くの作品を私は所有している。そのためにベストアルバムがリリースされるという情報を目にしたとき、まず行ったのは収録曲のチェックであった。要は楽曲をすでに所有している場合は購入する必要がないわけなので、新録・新曲があるかがベスト盤では重要になってくる。結局、購入しなかったのはこのアルバムが既存のシングル曲をただ並べているだけであったからだが、それは作品の問題ではなくコンセプトが私に合っていなかっただけである。つまりすでに取り込んだお客さんへの波及効果ではなく新規顧客を狙っているのだ。長く活動しているバンドである以上、新しいファンはどこを入口にすればいいのか悩むときがあるが、そのための間口としてシングル集は非常によくできた集合体といえる。ミスチルのこのアルバムは内容面での新規性はまったくないのだが、非常に面白いポイントは配信限定販売であることである。私自身がこのアルバムの情報を見る際に、自分がこの楽曲を持っているかどうかでチェックしたのだが、この「持っているかどうか」は非常におかしい話ではある。何しろ、既存の楽曲を物理的に持っているわけではない。いや、正確にいえばCDという形態で物理的に持っているものは何枚か存在するのだが、すぐに出せと言われるとどこかの段ボールに紛れ込んでおりわからない。結局、iTunesに入れられたデータとしての楽曲を普段は聞いており、いつしかCDを買わずにデータを購入するようになってしまった。つまりモノとしてのCDを所有しているのではなく、データとして所有していることになる。より具体的には音声データをダウンロードおよび聴取する権利を購入したわけだ。さらにいえば購入も硬貨や紙幣を利用したわけではなく、クレジットカード経由なのでデータをデータで購入したような気分である。

私個人の経験と比較すると、このような動きに敏感であったのは作り手側であったように思う。山下達郎がベストアルバム『OPUS ～ ALL TIME BEST 1975-2012 ～』を二〇一二年にリリースする際、こう述べている。

一番大きいのは、パッケージがいよいよなくなるっていう危惧があって、その前にちゃんとしたベストを出しておこうっていうことですね。アメリカでは近いうちにCDの工場を閉鎖するとかそういう情報もあるし。あと、僕にとってのパッケージメディアっていうのは、紙ジャケみたいに完全限定生産で売り切りっていうものじゃなく、ちゃんとバックオーダーをとって、注文が来たらまた生産して供給できるもの。それがパッケージなんですね。だからこれはPC配信はしないし、バラ売りもしないんです。（山下達郎インタビュー http://natalie.mu/music/pp/tatsuro02/page/4 最終閲覧日二〇一七年九月二十四日）

山下達郎が述べているようにモノとしてパッケージ化された楽曲群、つまりCDとしての流通が近い将来、大きく変化していくことが二〇一〇年代初頭にはすでに認識されている。これは二〇〇一年にiPod第一世代が発売されてから十年後のことであるが、急速に進んでいった音楽市場の変化はミュージシャンたちの楽曲発表の場や方法を大きく変容させている。この点はミスチルも同様で二〇一五年に発売されたアルバム『REFLECTION』では、通常のCDという形態だけではなくUSBでの販売も行っている。これはCDでは収録時間が限定されてしまうことに対し、USBの場合はデータ量に依拠するため、時間や楽曲数が限定されることはないからである。そのためUSBには二十三曲のハイレゾ音源とMP3が入れられており、CD版はそのなかから十四曲が限定され収録されている。つまりこれまでのCDを購入するという行為は、楽曲という限定されたものに金銭を支払っていたのではなく、歌詞が書かれた小冊子やプラケース、CDの生産などパッケージ化のためにかかる様々な費用が埋め込まれた形態に対して支払っていたことになる。その意味においてデータ購入への移行は買い手側がiTunesを含め、買うためのプラットフォームの整備や手軽さが進んだことだけではなく、データのみにもかかわらず所有しているという認識へと転換するための時間経過が必要であったのではないだろうか。iPodを筆頭としたプレイヤーが十年以上かけて、それを進めていったのではないだろうか。逆にいえば、CDというモノを買わなくとも、楽曲という純粋な原型のみに焦点を当てて買うことに対して、従来通りの「曲を持っている」という感覚と同化していく時間であったといえる。もちろんデータ購入の費用がそこまで純粋なものだというわけではなく、プロモーション費用やそのほかの手数料に回されていることは把握しているが、漫然と買っていたものが概念として揺さぶられたというほかない。

今現在はさらに変化しており、Spotify、Apple Music、Google Play Music、Amazon Prime Musicと様々な媒体で定額制音楽配信サービスが進行している。これにより起こりうるのはヒットしていく楽曲の変容かもしれない。既存のヒット曲はドラマの主題歌であったり、映画の劇中で使用されたり、ラジオでヘビーローテーションになったりと音楽に隣接するメディアで流されることで多くの人々の耳へと届き、大ヒットへとつながっていくことが多かった。しかしすでにyoutubeでの再生回数が楽曲購入の増大へとつながることは、例えばピコ太郎のように多くのミュージシャンが証明しており、既存のメディアに依拠することだけがヒットする王道とはいえなくなっている。

つまり定額制の音楽配信サービスで、毎月一定の金額を支払うことで契約している数万曲のなかから聞き放題の権利を得ることが普遍化していくことにより、ヒットする意味も変化していくかもしれない。

大きく変容しているのは小説も同様である。既存の文芸誌とは別媒体での作品発表という点では古くはパソコン通信の時代から小説が発表されていたが、九〇年代に入ると筒井康隆の『朝のガスパール』（朝日新聞一九九一～九二年連載）のように作者と読者がネット上でインタラクティブに交流し、作品を構築していく試みがみられた。九〇年代中盤以降はポータルサイトが存在せず個々人がサイトを構築し、そこで小説を発表するしかなかったため、読み手としてはネットサーフィンしながら、あちらこちらで情報を手に入れ、好みの作品へとたどり着くしかなかった。ただし読み手であった身としては、ネット上の口コミとともに信頼する書き手が面白い作家としてリンクを貼っていた（しかも懐かしきバナー付きリンクで！）という情報をネットサーフィンしながら夜な夜なかき集めていく行為自体が非常に楽しかったことを覚えている。時間のあった学生だったからこそできたのかもしれない。そしてその裏でネットで小説を発表するという現象自体に変化が訪れていた。一つはケータイ小説であり、もう一つは「小説家になろう」である。

ケータイ小説、というよりネット小説はある意味で読み手と書き手が同化した状態で進んでいった現象だと考えることができる。二〇〇〇年代に入るとYoshiの『Deep Love』（二〇〇〇～〇三年）や美嘉の『恋空』（二〇〇五年）などの大ヒットがあり、二〇一〇年代以降は先行して存在していた「小説家になろう」（二〇〇四年〜）だけではなく、「E★エブリスタ」（二〇一〇年〜）や「カクヨム」（二〇一六年〜）など小説を発表するプラットフォームが成立していくことになる。それぞれのプラットフォームの差異により読者層も違ってくるためヒット作にもジャンルや内容、文体、キャラクターの差異は当然ながら存在するが、ここで問題にすべきは従来とは違うルートでヒットし、アニメ化や実写化へと至っている点である。つまり既存のライトノベルであれば各レーベルが行っている新人賞を受賞し、デビューし、作品がヒットすれば、メディアミックス展開への期待が可能となるが、ネット小説の場合はサイトでの公開と同時に読者によるポイントが可視化され、ランキングされていく。そして出版社としてはすでに多くの読者を獲得している作品を書籍化していくので、新人作家でネームバリューのない作品を売るよりもリスクが小さい。もちろんサイト内でヒットしない場合も数多く存在するが、実際に出版されている場合の打ち切りと違い、作者による判断で行われ、また金銭的なリスクも小さいといえる。この傾向を出版業界の業績不振によるものととらえることもできるが、作品発表とそのヒットが新しいメディアから新しい傾向で登場したと考えることも可能ではないだろうか。

インターネットの登場で情報を得ることが、従来よりは地域差の影響を受けなくなったといわれる。それは一面的ではあるが、正しいともいえるだろう。近所に本屋はなくとも、Amazonで注文すれば数日内には本は届く。それどころか取り扱っているものはＤＶＤだろうが、薬だろうが、食品だろうが届く。Amazon Prime Videoで提供されている作品はオンデマンドで見ることも可能で、近所にあるレンタルショップに行くこともない。もちろん東京と地方とでは確実に郵送時間の差があるため、まったく等価値のサービスというわけではない。それでもAmazonに限定しなくとも、ネットさえつなぐことができれば、情報のやり取りは可能なのである。もちろん、この裏には精緻に確立された輸送網が支えていることは大前提として考えなければならない。さて、ここで次の段階の話が出てきて、この情報を受け取る側のリテラシーの問題である。要は知らない事象を考えることを、知らない人間が知っている人間と同等に行うことはできない。ネットのみでは情報の質を完全に担保することはできないという点は、集合知の限界として認識することはできるであろうが、ネットに触れる初発の段階から自由自在、思うがままに情報を得ていくことは、基本的にはほぼ不可能である。例えば多くの大学生が書くレポートが、wikipediaのコピペまみれになっている状況（例えば佐藤望・湯川武・横山千晶・近藤明彦『アカデミック・スキルズ第二版』慶應義塾大学出版会、二〇一二年や成瀬尚志編『学生を思考にいざなうレポート課題』ひつじ書房、二〇一六年など多くの書籍では、いかにコピペではないレポートを書くかに力が入れられている）からわかるように、ネットにおける情報を取り扱うためには、それだけの技術と思考力、教養が必要になってくるのだ。

ネットの充実により人々が受け取りうる文化がフラットになったのではない。地方に住んでいると本屋の数自体が少なく、図書館の蔵書数もまた少ないことが当然になってしまう。このことは公共施設である図書館すら全国均一ではないという当たり前のことを痛感させられるわけだが、これはネット文化の発達により解決されたのであろうか。もちろんネットによる恩恵として図書館の検索機能の充実を挙げることができる。しかし絶版の学術書を手に取って読もうと思うと、地方の場合は県内の公立図書館どころか大学図書館を含めても所蔵しておらず、東京の場合は様々なアクセス方法が存在することが、検索機能を駆使することで可視化されてしまう。つまりネット文化は地域による文化環境の差異を埋めるのではなく、集合知により埋めることができる文化範囲はいびつに形作られ、それ以外の分野では文化的差異の存在を痛感させる装置として機能してしまったのである。その結果、本を一冊読むだけで、多大な労力を支払うことになってしまう。

もちろん旧来に比べて、ネットと親和性の高い分野において享受することが容易になった点はもちろんある。個人的にはradiko premiumがスタートしたことで東京から地方に仕事の関係で移動しても、これまで聞いていたTBSラジオやニッポン放送の番組をまったく変化なく聞くことができたのは、もはや嬉しいの一言では片づけられない。特に「伊集院光の深夜の馬鹿力」（TBSラジオ、一九九五年〜）が聞けなかったら生きている意味はないではないか。さらにはテレビもまたTVer（二〇一五年〜）や各社のオンデマンド配信が行われるようになり、個人的に見ていた「有吉くんの正直さんぽ」もまた地方にいながら見ることができているのは非常に助かっている。ここまでで何が言いたいのかというと、情報を得ていくことの契機はネットを駆使することで、地方にいながらでも得ることはできるが、実はそのスタートが難しい。本屋や図書館の数や蔵書数を代表とする文化環境や文化資本の差異により、まず教養として得られる知識の差異につながる可能性は出てくる。すると得ていない知識や教養をもとに、ネットから現実空間に存在するモノの所在情報を得ることは初発の段階から一気にハードルが上がる。もちろん、これは簡単な地域差に落とし込んでいくことは難しく、家庭環境や個人の資質、受けた教育など様々な位相が入り込んでくる。つまりネット空間はただそれだけで成立する文化ではなく、ノートPCやスマホ、タブレットなど様々な端末の先にいる個々人の背負ってきた文化的背景が連続性をもって立ち上がってくることになる。結局のところネットでのヒットは、新しいメディアでの新しい規定のなかでのヒットではなく、地域性や個人性、社会性など様々な要素がからみ合いながらネットという文化の要素も交わり合って作り上げられている。

岡本健がすでに提唱しているように現実空間・情報空間・虚構空間の三つが存在し、そのなかをうごめく様々な存在を考えることができる（例えば岡本健「あいどるたちのいるところ　アイドルと空間・場所・移動」『ユリイカ　二〇一六年九月臨時増刊号　総特集＝アイドルアニメ』など）。この概念を援用すると楽曲が制作され、リリースされ、その享受者の人々がいるのが現実空間になる。情報空間では、作曲者や作詞者、編曲者というメタデータ的なものから、歌手自身へのインタビューなどのネットニュースまで含めて楽曲をめぐる情報が公開されている。そして虚構空間は、物語で描かれている世界観のことを指し示す。この点、小説やアニメ、映画、漫画などと親和性の高い空間概念であるが、決して それだけにとどまらない。一つの楽曲を受け取る人々がどのような物語とともに聞いているのかに依拠してくる。それはアニメや映画、ドラマの主題歌であったり、twitterで好きな著名人が「これはすばらしい」とつぶやいていたことが切っ掛けであったりと、個々人が接する空間(もしくはメディア)との連続性で生み出される物語かもしれない。このように現在の我々は複層的に様々な空間を渡り歩きながら、情報を物語を享受し、時に発信しているのである。

このことは物語が必ずしも固定化された事象ではないことを示唆している。内容を編集され、校閲の手が入り、組版が行われ、紙に印刷され、表紙もデザインされているというパッケージ化された作品のみが小説で物語を生み出す形態ではない。既述のようにネット上で様々な作品が発表されているように、受け手の判断により、物語を楽しむ、享受する精神性が存在すれば、それはもう物語である。アニメや漫画の聖地巡礼は、作品に興味ない人には理解できないかもしれないが、虚構空間(作品自体)と現実空間(作品に描かれた実際の場所)を行き来しながら、楽しんでいくという高度な情報処理を行っている。ポケモンGOもまた同様で、スマホのアプリ内に登場したポケモンたちをゲットするために現実空間を移動し、情報空間でポケモンを手に入れるという、空間を行き来することをスムーズに行っている。そしてポケモンGOをプレイしている個々人により手に入れているポケモンの数や種類が違うために、どのポケモンが登場するのかにより、個々人それぞれの物語が紡がれているのだ。

空間を行き来することは、物語上でも反映されていく。川原礫《れき》の『ソードアート・オンライン』では、まるで現実空間で行動しているかのような体感を得られるゲームが登場している。情報空間および虚構空間の両方の概念を有しているゲームにおいて、現実空間への帰還ができなくなってしまったところが物語の初発になる。ここで興味深いのは次第に現実空間と情報空間の身体感覚が同化しつつ、違うことをも認識していることである（広瀬正浩「仮想世界の中の身体―川原礫『ソードアート・オンライン』アインクラッド編から考える」西田谷洋編『文学研究から現代日本の批評を考える』ひつじ書房、二〇一七年）。

このような情報空間の重なり合いとズレは、多くの作品でみられるようになっている。例えば、『ソードアート・オンライン』と同じように主人公たちがゲーム内に閉じ込められてしまった、瀬尾つかさ『スカイ・ワールド』ではゲーム空間におけるクリアを目指して、それぞれプレイヤーが行動してい

『ソードアート・オンライン』 川原礫　電撃文庫　2009年〜　株式会社KADOKAWA

『スカイ・ワールド』 瀬尾つかさ　富士見ファンタジア文庫　2012年〜　株式会社KADOKAWA

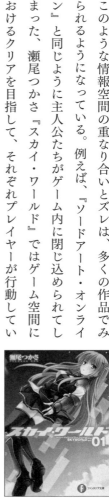

る。主人公のジュンは「三木盛淳一朗はゲーマーだ。キャラクターとプレイヤーが同一、という感覚には馴染めなかった。ジュンはけっして三木盛淳一朗ではない。そのつもりでこの名をつけ……。あの『転生の日』から、はや三ヶ月。結局いままでは、自分がジュンなのか、淳一朗なのか判断がつかなくなってしまっていた」（同書一巻三〇・三一ページ）と書かれているように、現実空間と情報空間、虚構空間におけるキャラクターを同一視することに違和感を覚えていたにもかかわらず、空間が重複してしまうと、自らのキャラクター性すら同一視しかねない状況に置かれている。この現実世界から虚構世界へと移行する状況の逆を描いているのが、聴猫芝居《きねこしばい》の『ネトゲの嫁は女の子じゃないと思った？』である。「俺さ、ゲームはゲームで、リアルはリアルで、ゲームとリアルは全く別物だって思ってたんだ。一緒にしない方が良い、できるだけ分けて考えた方がいい、って。だってゲームで良い奴だったのにリアルでは最低だったとか、リアルでは良い奴なのにゲームでは最低だとか、そんなの幾らでも聞いてたし、さ（中略）でもこうやって実際に会ってさ、本当に楽しかったんだ。ああ、俺の仲間はゲームでもリアルでも最高だったんだなって思った」（同書一巻九八ページ）と主人公が述べているように、情報空間であり虚構空間であるネットゲームの事象が現実空間へと侵食していく。そして、この作品では高校内に現代通信電子遊戯部（ネトゲ部）が設立され、現実空間と情報空間、虚構空間がすべて同時に存在する、つまりは部活動としてネットゲームをするという流れになる。

さてこのように空間を移動することは、何もゲームを描いた作品のみで描かれるものではない。既述のネット小説で数多く描かれている異世界転生や異世界召喚は、明確な空間移動である。「小説家になろう」で二〇一五年に年間ランキング一位を獲得した馬場翁《おきな》『蜘蛛《くも》ですが、なにか？』はある日、女子高生が教室内で亡くなり、異世界へと転生し、蜘蛛に生まれ変わるという作品である。これに限らず、ネット小説で描かれる異世界ものは主人公が転生や召喚に対し、それほど違和感を覚えない傾向にある。毎日のように更新されるネット小説では、その違和感を描き続けると話が長くなるという点と、異世界に転生・召喚されるということが形式化・形骸化し、物語を彩る外側の形態でしかなく物語の本質は別のところにあるという点により、省略されていく。この傾向は、『蜘蛛ですが、なにか？』でも同様で「改めて自分の姿を見直す。首が動かない。けど、視界の端に私の足らしきものが映った。……蜘蛛の足が。おおおおおぉぉぉぉおおお落ちちちち付けけけ！！！こ、これは、まさかあれか!? あれなのか!? 今ネットで流行のあれなのか!? (中略) うむ。ここは潔く認めなければならない。どうやら私は、蜘蛛に転生してしまったらし

『ネトゲの嫁は女の子じゃないと思った？』 聴猫芝居 電撃文庫
2013年〜
株式会社KADOKAWA

『蜘蛛ですが、なにか？』 馬場翁
カドカワBOOKS 2015年〜
イラスト・輝竜司
株式会社KADOKAWA

い」（同書一巻六・七ページ）と一応は驚くも、あっさりと自らの姿と状況を認め、受け入れてしまうのだ。さらには多くのネット小説では、読み手との親和性の高いゲーム文化を背景化したものも多い。「LVだとかスキルだとかポイントだとか、ゲームみたいな世界だ。まあ、それならそれで楽しそうだからありっちゃありかな？・」（同書一巻一四・一五ページ）と述べているように、この作品でもゲームシステムが導入されていることを受け入れ、行動に移している。この現象は、先ほどの転生や召喚という現象があっさりと物語内の登場人物そして読者に受け入れられるのと同様に、ゲーム的な文化、さらにいえばファンタジーRPGが培ってきた文化を背景に多くの日本の小説が描かれてきた歴史的な点が大きい（高橋準「ファンタジーRPGにおける「幻想」の居場所」一柳廣孝・吉田司雄編『幻想文学、近代の魔界へ』青弓社、二〇〇六年）。つまり読み手側としてもレベルやスキルの存在、魔法の使用などファンタジーRPGでは頻出の概念はすでに理解可能な現象であり、詳細な説明が行われる必要はないのだ。例えば、物語内でエルフが登場しても、トールキンが『指輪物語』（一九五四〜五五年）で描くためにそれ以前に存在していた妖精などにまつわる様々な伝承をまとめあげ、一つの種族として描ききったものが、日本ではTRPGブームや先述のファンタジーRPGや小説（特に水野良『ロードス島戦記』（64頁参照））、アニメ、漫画などにより自明化していったという流れを踏まえながら、種族の解説を細かくしていくことはない。耳が長く、魔法に長け、寿命の長い種族ぐらいの説明で読み手も、そして書き手もすべてが理解し、情報を共有していくことが可能なのだ。つまりゲーム文化による下支えがあるがゆえに、物語を描くための様々な情報は説明不要の概念として外部置換されていく。物語内では現実空間のみを描いている（転生しようが、召喚されようが、その先も現実といえば現実である）にもかかわらず、読者としては現実空間・虚構空間・情報空間を行き来しながら読み進めていくという、これまた高度な行為をしているのである。

空間が重複し、人間が超越し存在することにより、何が起きるのかというと、境界を超えることを統括する存在への認識が浮上してくる。『ソードアート・オンライン』では主人公らをゲーム世界へと閉じ込めた茅場《かやば》晶彦という人物が序盤から提示されているために、その存在は極めて明確である。しかし『スカイ・ワールド』ではその限りではない。「スカイワールドはMMORPGである。少なくとも以前はそうだった。こうして点在する遺跡も、モンスターも、すべてそこに配置した設計者がいたはずだ」（同書一巻七〇ページ）と考えているように、ゲームである以上はその空間を情報空間として、そして虚構空間として構築した存在は不明ではあるが、確実にいることを想定して動いている。『蜘蛛ですが、なにか？』では、蜘蛛として転生した主人公がダンジョン内を逃げ回りながらも、生き延び、レベルが上がり、強くなっていく過程のなかで、次第に世界を操る存在への認識が生じ、かつその存在自体との接触が行われていく。「この世界は、あんたの娯楽のために作られたの？『それは違いますね。私はその世界から見れば部外者です』

どういう意味？『ここから先は教えられません。教えてしまったら、つまらなくなってしまいますから』人のことを玩具にして。『ええ。ですからこれからも精々あがいて、私を楽しませてください。その先に、あなたが求める答えがあるかもしれませんよ？』この好き勝手言って！『では、また』スマホが消える。空間の揺らぎも何も感じられずに。それが、管理者Dと、黒と呼ばれる管理者との出会いだった」（同書三巻一〇六ページ）のように、基本的に直接的に会話が行われることはなく、さらには同じ世界に生息しているかどうかすらわからない。読者に、そして主人公に理解できるのは、管理者としてこの世界に存在する者たちに対し、スキルを与えるなど様々なコントロールを行う権限と能力を有していることだけである。

このような存在をどう考えるべきであろうか。旧来のハイファンタジーであれば主人公たちを統括していく存在は、支配階級のような一定の空間と時間軸で語りうる存在であることが多かった。もちろんC・S・ルイスの『ナルニア国物語』シリーズ（一九五〇〜五六年）のように現実世界から異世界へと移動する物語がなかったわけではない。しかし主人公たちがナルニア国に行くことは単なる移動であり、複数の世界に影響を及ぼし、統括していく存在が全面的に影響力を及ぼしてはこない。またSFでも藤子・F・不二雄の『ドラえもん』（全四十五巻、小学館、一九六九〜九六年）や『T・P《タイムパトロール》ぼん』（全十一巻、潮出版社ほか、一九八四〜八六年）に登場するタイムパトロール、長谷川裕一の『クロノアイズ』（全六巻、講談社、一九九九〜二〇〇二年）、『クロノアイズ・グランサー』（全三巻、講談社、二〇〇二〜〇三年）のクロノアイズのように時間軸を超えうる存在は多く出てくる。タイムパトロールに関しては航時法の維持がメインであり、クロノアイズにおいても時間犯罪の取り締まりであるように、彼らの主たる行動は未来などの別時間で設けられた規則の厳守を目的としており、個々人が属する時空間は確固たるものになっている。つまり現実空間・情報空間・虚構空間を複雑に描き、それを違和感なく受け入れていく読者がいることで、この複層化概念をさらにメタ的に統括する存在が物語内で登場するようになっているのである。

アントニオ・ネグリとマイケル・ハートにより二〇〇〇年代以降、「帝国」と「マルチチュード」の概念が注目を集めるようになっている（アントニオ・ネグリ、マイケル・ハート『〈帝国〉グローバル化の世界秩序とマルチチュードの可能性』以文社、二〇〇三年、同『マルチチュード〈帝国〉時代の戦争と民主主義』上下巻、NHK出版、二〇〇五年）。「帝国」とは従来の国家システムとは違う、グローバル化した社会のなかで領域や中心性をもたず、ネットワークのなかで権力と資本が動くという概念であり、「マルチチュード」は多数性や多様性とあらわされるようにこの「帝国」のなかで対抗しうる存在として考察されている。この概念はある意味で共産主義的であり、楽観的な革命として批判が大きい。この批判は妥当な部分が大きく、確かにグローバル化により社会も経済も大きく変容しているのは事実である。しかしながら、そのなかにおいて安易に対抗勢力が多様性をもって登場しうるのかという疑問はある。それでも新しい議論の提示という意味では大きなインパクトは与えられた。

幼なじみの存在は個性や属性ではなく関係性に依拠するものであり、幼少期からの地縁に影響するところが大きい。そのために現実空間に縛られてしまうのは否めない。それが成長するにつれて、学校や地域社会というように生活空間が拡大されることで、地縁的関係性のみに依拠していた幼なじみという存在が、より大きな社会的関係性にからめとられてしまう。しかしこれは現実空間のみの話である。情報空間や虚構空間を踏まえれば、より大きな枠組みのなかで幼なじみをとらえることが可能なはずだ。ただの幼なじみではない幼なじみの登場が物語のなかで描かれるかもしれない。幼いころから電脳空間での知り合いであったり、異世界での知り合いであったりと多様性をもつことはできるはずである。つまりは旧来の地縁的関係という現実世界での領域範囲のみで判断されてきた幼なじみが、新しい関係性のなかで、それこそ「帝国」のなかの「マルチチュード」のように登場してくるのではないか。例えば藤崎の『レベル99冒険者によるはじめての領地経営』は異世界に突如飛ばされた主人公ユウトが仲間たちと世界を救い、その功績で与えられた領地の経営にたずさわる物語である。物語の序盤では、現実世界の日本において高校生であったことはほぼ描かれないのだが、進行するにつれて話は異世界へ飛ばされたあとの日本側の状況も描かれるようになる。そしてユウトを追いかけて、異世界にやってきた幼なじみであるアカネとの関係性に悩むことになる。つまりは異世界とはユウトにとっては多くの戦闘と経験を得てきた場所であり、それだけの時間を過ごしてきた仲間であり、恋愛関係の人物もいる。そして過去とはいえ、それと同程度の地縁的関係性のなかでアカネとの時間も過ごしてきているのである。空間と時間を超えて、幼なじみとの関係性が超越して侵食している。

谷川流の『涼宮ハルヒの消失』では、キョンがハルヒに対し、「世界を大いに盛り上げるためのジョン・スミスをよろしく！」という言葉を投げかけている。この言葉が起点となり、様々な出来事が起こるのだが、シリーズの基本的な時間軸は『涼宮ハルヒの憂鬱』を初発にしている。さらにいえば「ただの人間には興味ありません。このなかに宇宙人、未来人、異世界人、超能力者がいたら、あたしのところに来なさい。以上」というハルヒの言葉、出会いからスタートしている。しかし、短編や長編作品のなかでは何度も過去に時間軸を移動し、キョンはハルヒに接している。そのときのキーワードである「ジョン・スミス」が物語を動かしていくのだが、それはそれとして時間軸の移動や改変による空間の移動が涼宮ハルヒシリーズでは多く描かれていく。そのなかにおいて今のところ描かれている基本的な時間軸としては高校入学からのその年内という短い期間であるが、時間軸の移動などにより、その数か月という時間の流れのみでは経験できないほど関係性はより深まっている。もちろん認識としてハルヒとキョンは幼なじみということはない。しかし時間軸と空間を移動していくことが多く描かれていくことにより、人と人との関係

『レベル99冒険者によるはじめての領地経営』 著：藤崎　画：くろかわ　双葉社　モンスター文庫　2014年～

性は多様に描かれていくのではないだろうか。ただの幼なじみではない関係性が、物語の進展とともに描かれるのではないか。そう考え、期待している。

あとがき

私はあとがきが好きで、まず本を手に取るとあとがきから目を通してしまう。作者の何ということはない近況報告でも、最近、食べて美味しかった料理でも、引っ越しましたという話でもすべてが面白いと思いながら読んでしまうのだが、たまに書かれる「あとがきに書くことがない」というネタはいつも疑問に思っていた。こんなに面白いのに、作者はなぜ嫌がるのだろうか。

何事も受容側にいるとわからないことは多々あるのだが、あとがきも書く段階になって初めてわかった。特に書くことがない。主張すべき点があったとしても当然、それは本編で書くわけなので、ここで主張する必要はない。日記ではないので、最近の山形のことを書いても仕方がない。そのうえ、この夏季休暇中は東京にいて、ひたすら論文を書いていたので、外の様子はまったく理解していないのだ。とはいえ、それでは面白くないので、本書の企画経緯を記しておく。

幼なじみに関する本を書くという企画は、私が所属する東北芸術工科大学芸術学部文芸学科で行われている創作演習3で出てきたものである。企画したのはすでに卒業した藤田遥平さんになる。生前、本学科の夏季集中講義に講師として来ていただいていた松智洋さんの作品『迷い猫オーバーラン！』には幼なじみが出てくるのだが、他の作品も含めて幼なじみはあまりにも不遇ではないだろうか、というのが初発の疑問点だったようだ。授業自体は私が担当しているわけではないので授業での詳細は知らないが、書き手として私が選ばれ、企画が進行していくことになったわけである。そう、つまり学生の藤田さんのちょっとしたアイデアから企画が発進したのだ。世の中いたるところにアイデアが転がっている証拠である。さて特に疑問をもたずに書き始めたのだが、その段階でようやく私は思い知ることになる。私は幼なじみに興味がない。しかし歴史学出身としては、森羅万象すべてに関して歴史があり、それを通じて語ることはできるはずである。

そう考え、書き続けたが、私の学術論文を読んでいる人はエッセイ調に違和感を覚えた人もいるかもしれない。学術エッセイのつもりで書いていたので、もし驚いたら、それは成功である。また、この本から興味をもった人が、向学心を促進できるように文中には参考にした文献を明記しておいた。ぜひ読んで欲しい。幼なじみマニアの人には、あの作品も、この作品も取り上げていないではないかと思うであろう。その通りである。

最後に表紙のイラストを描いていただいた眉月じゅんさん、編集や印刷など本書に関わっていただいた皆さんには御礼申し上げる。特に眉月さんのイラストはすばらしく、事前に見たときに身の引き締まる思いになったことを覚えている。このようなすばらしいイラストが表紙を飾るなど一生分の運を使いつくしたかもしれないので、今後は気を付けて生きていきたい。

二〇一七年秋　玉井建也

藝術学舎設立の辞

京都造形芸術大学
東北芸術工科大学
創設者　徳山詳直

2011年に東日本を襲った未曾有の大地震とそれに続く津波は、一瞬にして多くの尊い命を奪い去り、原発事故による核の恐怖は人々を絶望の淵に追いやっている。これからの私たちに課せられた使命は、深い反省による人間の魂の再生ではなかろうか。

我々が長く掲げてきた「藝術立国」とは、良心を復活しこの地上から文明最大の矛盾である核をすべて廃絶しようという理念である。道ばたに咲く一輪の花を美しいと感じる子供たちの心が、平和を実現するにちがいないという希望である。

芸術の運動にこそ人類の未来がかかっている。「戦争と平和」「戦争と芸術」の問題を、愚直にどこまでも訴え続けていこう。これまでもそうであったように、これからもこの道を一筋に進んでいこう。

藝術学舎から出版されていく書籍が、あたかも血液のように広く人々の魂を繋いでいくことを願ってやまない。

幼なじみ萌え ラブコメ恋愛文化史
2017年11月29日　第一刷発行

著　者　玉井建也（たまい　たつや）
発行者　德山　豊

発　行　京都造形芸術大学 東北芸術工科大学 出版局 藝術学舎
〒107-0061　東京都港区北青山1-7-15
電話 03-5269-0038　FAX 03-5363-4837

発　売　株式会社 幻冬舎
〒151-0051　東京都渋谷区千駄ヶ谷4-9-7
電話 03-5411-6222　FAX 03-5411-6233

印刷・製本　株式会社シナノ

ISBN 978-4-344-95330-7